DICHTERWETTSTREIT *deluxe*

3. Auflage 2024
© 2023 Dichterwettstreit deluxe, Villingen-Schwenningen
www.dichterwettstreit-deluxe.de/impressum

Satz & Lektorat: Elias Raatz
Design & Umschlaggestaltung: T-Sign Werbeagentur
Druck: BOD GmbH, Norderstedt

ISBN: 978-3-98809-002-7
ISBN E-Book: 978-3-98809-003-4

Mehr über uns finden Sie unter:
www.dichterwettstreit-deluxe.de

Anna Lisa Azur & Elias Raatz (Hrsg.)

AN DIE **ROLLATOREN,** FERTIG, LOS!

14 Geschichten, Gedichte, Gedanken
über Rentner, Omas und das Altwerden

DICHTERWETTSTREIT *deluxe*

THEMEN
BAND 01

Quellenangaben für verwendete Bilder:

S. 8   Bild Elias Raatz © Ale Zea

S. 22   Bild mario el toro © Martin Lässig

S. 28   Bild Eberhard Kleinschmidt © Tobi Lebowski

S. 36   Bild Niko Sioulis © Malte Mersch

S. 40   Bild Anna Lisa Azur © Max Schmidt

S. 46   Bild Michael Jakob © Andi Pontanus

S. 52   Bild Jana Goller © Ben Mischke

S. 58   Bild Lukas Knoben © Lutz Adorf

S. 64   Bild Alex Paul © Felix Kempter

S. 92   Bild Samson Völk © Chris Bellai

S. 98   Bild Eva-Lisa © Tobi Lebowski

S. 104   Bild Jan Cönig © Daniel Mathias

Illustrationen von Barbara Gerlach

Herausgegeben von

Anna Lisa Azur

Die Bonnerin Anna Lisa Azur ist neben ihrer künstlerischen Tätigkeit vor allem als Veranstalterin in NRW und Rheinland-Pfalz bekannt. Als Kulturmanagerin fördert sie den Kunstnachwuchs im Bergischen Land und ist kulturpolitisch aktiv.

Elias Raatz

Der 1997 geborene Moderator, Autor, Kulturschaffende und Medienwissenschaftler Elias Raatz ist Gastgeber diverser Kleinkunstveranstaltungen. Gemeinsam mit dem *Dichterwettstreit deluxe* versammelt er regelmäßig herausragende Slam Poeten und Poetinnen auf Bühnen sowie in Büchern.

Als kreativer Tausendsassa liebt er geschmunzelt-frönenden Eskapismus, bitterböse Satire und eine gesunde Portion Stumpfsinn, die er mit viel Meinung sowie aktuellem Zeitgeschehen anreichert.

Mit Illustrationen von

Barbara Gerlach

Barbara Gerlach ist Heilerziehungspflegerin, Sozialpädagogin, Illustratorin, Slam Poetin und professionelle Katzen-Streichlerin. Beim Schreiben und Malen beschäftigt sie sich oft mit der Frage nach sozialer Gerechtigkeit und versucht, verschiedene Blickwinkel einzunehmen. Ihre überschüssige Energie lässt sie beim Tischfußball in der Damenbundesliga heraus.

Inhalt

Mehr unter: www.elias-raatz.de

Vorwort: An die Rollatoren, fertig, los!
Von Elias Raatz

Manchmal hält das Leben Ereignisse bereit, die einzelne Lebensabschnitte wie mit einem fein geschliffenen Damoklesschwert zerteilen. Ereignisse, die in ein Davor und ein Danach einteilen. Zurück bleiben voneinander getrennte Teile desselben Lebens, die sich so unterschiedlich anfühlen, dass man nicht fassen kann, dass sie zusammengehörten.

Zumindest stelle ich es mir so oder so ähnlich vor, wenn man in Rente geht. Also den Tag, wenn der „letzte Feierabend im Beruf" vor der Tür steht und das Arbeitsleben endgültig endet.

Allerdings kommt es mir ein wenig eskapistisch vor, dass ich mir mit meinem Geburtsdatum knapp vor der Jahrtausendwende überhaupt Gedanken über die Rente mache. Sie ist nicht nur weit entfernt, ich empfinde es zudem als fraglich, ob es für mich überhaupt etwas wie eine „Rente" geben wird. Zumindest bin ich mit Blick auf unser Rentensystem, den Klimawandel und andere Katastrophen skeptisch gestimmt. Vielleicht sieht die Welt in vielen Jahren Zukunft ganz anders aus – und wenn ich in Rente gehen würde, kämpfen wir alle längst in der sandigen Wüstenzone des ehemaligen Baden-Württembergs um das letzte saubere Trinkwasser.

Wer weiß das schon?

Relativ sicher ist, wenn wir nichts ändern, wird es nicht nur mit meiner Rente, sondern auch mit unserem kompletten Planeten eher schwieriger als einfacher. Ganz ehrlich: Altersarmut oder gar Überlebenskampf reizt mich nicht.

Wobei wir mit Altersarmut bei einem Thema wären, das bereits in unserer Gegenwart präsent ist. Ein Problem, mit dem viele ältere Menschen schon jetzt zu kämpfen haben: Die Rente reicht nicht und wenn es schlecht läuft, muss man bis zum letzten Atemzug arbeiten. Dann kommt dieser „letzte Feierabend im Beruf" nie, da man sich das „nicht mehr arbeiten" wortwörtlich nicht leisten kann – obwohl man mutmaßlich sein ganzes Leben lang geschuftet hat. Da stellt sich mir schon die Frage, was in unserem reichen Land eventuell alles nicht so rund läuft. Es ist doch traurig, dass für einige Rentnerinnen und Rentner der Gang zur Tafel zum (überlebenswichtigen) Alltag geworden ist.

Doch leider ist der Platz dieses Vorworts für die Lösung großer gesellschaftlicher Fragen zu Rentenpolitik, sozialer Ungerechtigkeit und Weiterem zu begrenzt – und ich bin kein Experte dieser Themen. Daher mache ich es wie die Bundesregierung und gehe auf das Thema Altersarmut einfach nicht weiter ein.

In diesem Buch geht es schließlich um so viel mehr, beispielsweise um Oma-Liebe, eine Senioren-

WG, Kriegserinnerungen, Martinis vor fünf Uhr sowie einen Rentnerverleihservice. Und natürlich um das Altwerden, welches aus vielen unterschiedlichen Perspektiven beleuchtet wird. Ein Thema, zu dem ich ebenso keine fachkundige Auskunft treffen kann – dafür stecke ich zu tief in der Quaterlifecrises und habe keine Ahnung, was das Älterwerden für mich bereithält. Während ich mir Gedanken darüber mache, was zur Hölle auf mich warten wird, wenn ich einmal dreißig bin, sitzen Sie vielleicht kopfschüttelnd-grinsend da, weil Sie es schon deutlich weiter geschafft haben. Respekt dafür!

„An die Rollatoren, fertig, los!" soll auch gar keine endgültigen Antworten oder fachkundige Aussagen auf große Fragen liefern, sondern spannende Eindrücke und fremde Perspektiven. Gemeinsam mit meiner Mitherausgeberin Anna Lisa Azur möchte ich zeigen, dass sich junge wie alte Menschen mit der Thematik des Älterwerdens in all ihren Facetten auseinandersetzen. Denn, ob man es glauben mag oder nicht: Es ist immer die vorhergehende Generation, die eine darauffolgende prägt – nicht zuletzt guter Grund, ein Buch mit Witz, Charme und viel Gefühl über sie herauszugeben.

Ich wünsche Ihnen viel Freude beim Lesen und gute Unterhaltung. Bleiben Sie glücklich!

Ihr Elias Raatz

Achim Leufker

Achim Leufker (genannt Acho – wegen eines Schreibfehlers) wurde 1961 in Rheine geboren. Als ehemaliger Schreibtischtäter ist er seit 2008 auf Poetry Slam- und Lesebühnen aktiv. 2017 trat er erstmals als Comedian auf und nahm 2018 an den Kabarett-Tagen des WDR teil. Er ist fester Teil verschiedener Showformate, erreichte mehrmals das Finale der NRW-Meisterschaften im Slam und veröffentlichte 2021 sein zweites Buch unter dem Titel „Du kannst alles schaffen, wenn du nur chillst".

In seinen humorvollen Texten betont er zur Freude der Leser und Leserinnen in der Regel eher die komischen und skurrilen Seiten des Lebens.

Old's cool
Von Achim Leufker

Lieber Leser, liebe Leserinnen,

gerne würde ich euch ein wenig über das Altern erzählen. Zuerst zur allgemeinen Orientierung: Mein Name ist Achim und ich bin Baujahr 1961, womit ich bei vielen Poetry Slams und anderen Kulturveranstaltungen den Altersdurchschnitt auf der Bühne nahezu dreistellig nach oben korrigiere.

Man spricht mich dann an mit: „Ey, Alter!", oder: „Alter Schwede!", oder: „Alter Verwalter!", oder mittlerweile auch schon mit: „Alter schwedischer Verwalter!"

Neben den ironisch-bissigen Zurufen gibt es auch die anderen, die versuchen, mich zu trösten. Da kommen dann Sätze wie: „Du bist nicht alt, du bist retro! Und außerdem ist es doch großartig, wie 50 auszusehen!", die völlig unbeachtet lassen, dass ich noch nicht sooo alt bin, du Ötzi! Andere behaupten: „Das Leben beginnt doch im Grunde erst mit 50!", worauf ich nur erwidern kann: „Ja, aber nur, wenn du der gottverdammte Highlander bist!"

Da wir damit bereits mitten im Thema wären, erläutere ich im Folgenden mit einer kurzen Zusammenfassung, wie „Altern" überhaupt funktioniert:
• Mit sechs Jahren: „Juhu, ich komm' in die Schule!"
• Mit 17 Jahren: „Wow, bald volljährig!"

- Mit 18 Jahren: „Wie geil ist das denn?!“
- Mit 25: „Yeah, fett, Boom Chicka Wah Wah!“
- Mit 29: „Äh… warte mal!“
- Mit 30: „Oh mein Gott, nein! Mach’, dass das aufhört! Bitte!!“

Ich persönlich liege inzwischen alterstechnisch irgendwo zwischen McDrive und Essen auf Rädern. Mittlerweile verzichte ich bewusst auf Bioprodukte, weil ich gar nicht genug Konservierungsstoffe bekommen kann. Früher hatte ich auf der Bühne noch Texte mit Schriftart Arial in Schriftgröße 10 vorgelesen, dann irgendwann in Schriftgröße 12 und in der Zwischenzeit bin ich kurz davor, das Publikum zu bitten, jeweils mannsgroße Buchstaben in der richtigen Reihenfolge an der Bühne vorbeizutragen, die ich dann möglichst sinngebend ablese.

Jedenfalls, um wieder aufs Alter(n) zurückzukommen, befinde ich mich derzeit exakt in der Phase zwischen gepflegt aussehen und gepflegt werden. Früher sah ich übrigens weitgehend gut aus. Zwischenzeitlich sah ich plötzlich nur noch von Weitem gut aus. Und heute bin ich weit davon entfernt, gut auszusehen. Darum dusche ich nach dem Aufstehen mit Duschgel, das Meersalz enthält. Das ist mein Versuch, mich ein bisschen zu pökeln, um meine Hülle etwas haltbarer zu machen.

Mittlerweile weiß ich jedoch aus eigener Erfahrung, dass dir mit fortschreitendem Alter früher oder später auf jeden Fall drei Dinge passieren werden: Erstens lässt dein Gedächtnis nach und zweitens… und zweitens… und zweitens und drittens habe ich vergessen.

Hinzu kommen auch noch die körperlichen Wehwehchen. Da kann es dir in meinem Alter passieren, dass ein fünfminütiges Hinknien oder ein kurzer Schneidersitz eine dreitägige Ganzkörperlähmung zur Folge haben. Das ist auch der Grund, warum ich nichts Hochprozentiges mehr trinke – ich reibe mich damit ein. Meine Frau kommentiert das Eincremen immer damit, dass es doch völlig normal in meinem Alter sei, worauf ich einmal mit: „Anfang 60, das ist doch kein Alter!", antwortete und sie dann erwiderte: „Das stimmt, aber nur für einen Baum!"

Da mich das damals unsicher machte, hatte ich noch meine Tochter gefragt. Meine Tochter ist Einzelkind, bevorzugt inzwischen allerdings die Bezeichnung „Alleinerbin". Ich fragte sie also: „Findest du, dass ich alt bin?"

„Sagen wir mal so", entgegnete sie, „dein Mindesthaltbarkeitsdatum ist deutlich überschritten."

„Ich finde es ziemlich erniedrigend, dass du mich mit abgelaufenen Nahrungsmitteln vergleichst!", protestierte ich erbost.

„Gut, dann formuliere ich es anders: Du bist alt und in Hundejahren wärst du sogar schon tot.“

Während sie das sagte, verband sie mit einem Permanentmarker fünf Pigmentstörungen auf meinem Handrücken miteinander – wohl um zu sehen, welches Bild sich dabei ergibt.

Dieses Gespräch hatte mich noch weiter verunsichert. Besser gesagt, verunsichert es mich noch heute. So sehr, dass ich letztens auf die Frage nach meinem Alter nur entgegnete: „Sag' ich nicht!“, worauf der Fragesteller trocken erwiderte: „Ach komm schon, nur die ersten drei Zahlen!“

Tja, das mit dem Alter ist eben so eine Sache. Als ich 20 wurde – und alle um die 20 wissen, wovon ich spreche – bin ich noch hinter dem Bus hergerannt, der mir vor der Nase wegzufahren drohte.

Kaum lässt du dann die 30 hinter dir, denkst du schon auf halbem Weg: „Was soll's? Warum rennen? Da kommen doch noch andere Busse.“

Nochmals zehn Jahre später, so ab 40, sagst du dir nur noch: „Egal, ich hab' doch die Kohle. Ich nehme mir jetzt einfach ein verdammtes Taxi!“
Bus fahre ich ohnehin nicht mehr, seit mir letztens ein Hip-Hopper aus „Respekt und Mitleid“ seinen Platz angeboten hatte, die kleine Zecke.

Wobei das Alter das Leben natürlich nicht leichter macht. Früher bin ich vor dem Fitnessstudio noch joggen gegangen – heute mache ich ein Nickerchen auf der Couch, bevor ich ins Bett gehe. Beim Treppensteigen klinge ich mittlerweile wie Darth Vader. Oder wie wäre es mit meinen Partys? Da feiere ich inzwischen auf der Tanzfläche mit insgesamt 4.800 Dioptrien zusammen und DJ Karlheinz legt ausschließlich Helene Fischer auf. Und glaubt mir, nach ü50-Partys taumeln dann wirklich alle „atemlos durch die Nacht".

Wenn ich mit Gleichaltrigen in der Dampfsauna sitze, sieht das inzwischen aus wie die Neuverfilmung von „Gorillas im Nebel". Neulich stand ich ganz hinten in einer Supermarktschlange, als mich eine recht betagte Dame glatt fragte, ob ich „das Ende" sei, worauf ich entrüstet erwiderte, dass ich natürlich nicht „das Ende" sei, sondern einfach nur alt aussehen würde.

Letztens teilte mir die AOK mit, dass sie mir zwar Viagra bezahlen würde, dafür aber keine Brillen mehr. Seitdem frage ich mich wieso. Bedeutet das, ich darf mich im Alter zwar fortpflanzen, soll aber nicht mehr sehen, mit wem?

Apropos, ich erinnere mich, dass ich früher sogar Sex in der Küche hatte. Inzwischen esse ich im Bett. Ich befürchte sowieso, dass der Sexualpartner im Alter an deiner Mine ohnehin nicht mehr ablesen kann, ob das noch das Orgasmus-Gesicht ist oder bereits der nächste Bandscheibenvorfall. Wenn ich abends das Licht im Schlafzimmer dimme, tue ich das nicht mehr aus romantisch-erotischen Gründen, sondern weil es ökonomisch-energetisch ist.

Wen wundert es bei all diesen Geschichten, dass ich bereits eine regelrechte Paranoia vor dem Alter entwickelt habe. Ich habe wirklich Angst, dass mir diese typischen Dinge passieren, die einen schusselig und alt wirken lassen:

- Ich habe Angst, dass ich anfange, Sachen zu sagen wie: „Jaja, fünf Euro, das waren früher auch mal 30 Mark!“
- Ich habe Angst, dass meine Familie mir zum Geburtstag einen Jochen Schweizer-Erlebnisgutschein über eine Magenspiegelung schenkt.
- Ich habe Angst, dass es in meinem Leben bald nur noch ein Highlight die Woche gibt – und zwar dann, wenn die Heimleitung ankündigt: „Kommenden Sonntag, 20 Uhr, Pillen-Wichteln im Fernsehraum!“
- Und ich habe wirklich Angst, dass ich irgendwann einmal reflexartig laut: „Taxi!“, rufe, weil ein Bestattungswagen vorbeifährt.

Das alles macht dich irgendwann total fertig. Darum habe ich inzwischen sogar meine persönlichen fünf besten Plätze aufgestellt, an denen man erkennt, ob man alt ist:

- Platz 5: Du bist alt, wenn du abends im Bett endlich die perfekte Schlafposition für Kopf, Arme, Beine, Muskeln und Gelenke gefunden hast, aber die Blase in dem Moment: „Hallööööchen…!", ruft.
- Platz 4: Du bist alt, wenn du am Heck deines Autos Aufkleber mit Namen hast. Und zwar nicht den Namen der Kinder, sondern von deinem eigenen – falls du mal von der Polizei angehalten wirst und dich nicht mehr daran erinnern kannst.
- Platz 3: Du bist alt, wenn du dein Gesicht auf einem Portraitfoto mit einem Bildbearbeitungsprogramm künstlich altern lassen willst, aber die älteste Version immer noch jünger aussieht als die Vorlage.
- Platz 2: Du bist alt, wenn dich jemand auf deine neuen Krokodilleder-Schuhe anspricht, du aber eigentlich gerade barfuß unterwegs bist.
- Platz 1: Du bist alt, wenn du dir im Restaurant ein Fünf-Minuten-Ei bestellst und die Bedienung schon vorher kassieren will, weil sie nicht glaubt, dass du überhaupt noch so viel Zeit hast.

All diese Punkte führen mir tagtäglich schonungslos die Endlichkeit meines irdischen Daseins vor Augen. Ich bin aber sicher, dass ich heutzutage sowieso nicht mehr an Krankheiten oder Altersschwäche sterben werde, sondern vermutlich, weil ich keine Kettenbriefe auf Kurznachrichtendiensten weiterleite. Aber wenn es irgendwann dann doch so weit ist, hätte ich gerne noch Zeit für ein paar legendäre letzte Worte auf dem Sterbebett, um meiner Familie etwas zu sagen wie: „Ich vermache euch eine Million Euro, die ich versteckt habe… Und zwar… im… ahhh…"

Ich schätze, nach solch einem genialen Scherz auf dem Sterbebett stünde auf meinem Grabstein garantiert ein Spruch wie: „Hier ruht Achim – 43 Personen gefällt das!"

Übrigens würde ich mich gerne verbrennen lassen, aber erst, nachdem ich eine Tüte Maiskörner gegessen habe. Einfach, um mal richtig Stimmung ins Krematorium zu bringen. Dazu singt dann Andreas Bourani seinen Song „Mein Herz schlägt schneller als deins". Meine Asche würde ich gerne in Jerusalem begraben lassen, da hier statistisch die Auferstehungschance am größten ist. Sollte das nicht funktionieren, möchte ich zumindest irgendwann wiedergeboren werden. Meine Frau versteht eine Menge von Reinkarnation und ich habe ihr gesagt: „Schatz, ich möchte gern wiedergeboren werden – und zwar ohne Verantwortungsgefühl, ohne schlechtes Gewissen, nur als egoistisches, triebgesteuertes, notgeiles Wesen!", worauf sie nur antwortete: „Man wird nicht zweimal gleich geboren."

Trotzdem kann man zusammenfassend sagen, dass Älterwerden großartig ist. Zumindest in

Anbetracht der Alternativen. Aber ich will nicht lamentieren, denn das Älterwerden hat tatsächlich auch einige Vorteile. Um den Alltag zu meistern, brauche ich zum Beispiel keine Drogen und keinen Alkohol mehr, denn ich erreiche denselben Effekt inzwischen schon dadurch, dass ich morgens einfach zu schnell aufstehe. Ich muss auch kein Geld mehr für Mode und hippe Sachen ausgeben, denn „irgendetwas" zum Anziehen reicht mir, egal wie beknackt ich aussehe. Hauptsache, mir ist warm.

Doch der alles entscheidende Vorteil ist, dass ich bereits jetzt alt genug bin, um es permanent besser zu wissen, aber immer noch jung genug, um drauf zu pfeifen.

Aber im Ernst, je älter ich werde, umso jünger fühle ich mich. Nur halt in schlau, denn ich habe keine Stirnfalten, sondern ein Sixpack vom Denken. Darum bin ich nach langem Überlegen letztlich auch darauf gekommen, dass es absolut nicht wichtig ist, jung auszusehen, sondern glücklich. Und das wünsche ich euch allen, liebe Leserinnen und Leser – ganz egal, wie alt ihr seid.

Ach, und bevor ich's vergesse: Ich habe genau in diesem Moment einen persönlichen Rekord gebrochen: Tage, ohne zu sterben!

mario el toro

mario el toro ist seit 2012 als Poetry Slammer auf den deutschsprachigen Bühnen unterwegs. Sein Repertoire umfasst gesellschaftskritische, tiefgründige, aber auch witzig-geistreiche Texte. Ursprünglich kommt er aus der Bildenden Kunst und entwickelte Texte für ein Kunsttheater.

Mittlerweile organisiert er eigene Slam-Veranstaltungen im Großraum Köln-Leverkusen-Siegburg sowie im Westerwald. Der Künstler wohnt in der schönsten Stadt am Rhein, in Köln. Dort genießt er das grüne Umland und reist gerne in die Alpen, denn dort kommen ihm die kreativsten Ideen.

Mehr unter: www.mario-el-toro.com

Um die Welt in 90 Jahren
Von mario el toro

Meine Oma heißt Anna, sie wurde im Juli 90 Jahre alt. Sie ist eine Weltenbummlerin und manchmal auch ungewollte Buchstabenverdreherin.

In den 1990ern reiste sie in die USA und schickte mir aus „Chicoga" eine Postkarte.

Ihre Lebensreise allerdings begann viel früher.

Meine Oma stammt aus Banat-Topola, einem kleinen deutschstämmigen Bauerndorf im damaligen Ungarn und heutigen Serbien. Wie fast alle dort, haben auch meine Vorfahren von der Landwirtschaft gelebt. Meine Oma jätete Unkraut, pflückte Johannisbeeren und fütterte die Hühner. Das war in den 30ern des letzten Jahrhunderts. Es war ein unbeschwertes, aber armes Leben, fern ab von Politik und Weltgeschehen. Es gab kein Radio, kein Fernsehgerät, keine Zeitung. Einmal pro Woche kam ein Mann ins Dorf und berichtete auf dem Platz vor der Kapelle, was es Neues im Land und in der Welt gab. So ging es viele Jahre.

Eines Tages sollte alles anders werden. Die Nationalsozialisten kamen ins Dorf und veränderten das Leben meiner Oma bis heute. Für die Nazis waren meine Großeltern keine Deutschen, keine Arier, und somit auch keine richtigen Menschen. Sie drohten ihnen mit Erschießungen und stahlen meinen Urgroßeltern eine Sau und ihr letztes Hab und Gut. Dies ging einige Jahre so, dann verschwanden die Deutschen, sie waren auf dem Rückmarsch.

Dann kamen die Separatisten. Für die Separatisten waren meine Vorfahren Deutsche, da sie vor vielen Generationen aus Deutschland kamen. Dass sie sich nicht deutsch fühlten, interessierte sie nicht. Die Menschen waren durch die beidseitige Propaganda so aufgebracht, dass man Blut mit Blut aufrechnen wollte. Ob das nun gerecht war oder nicht, spielte keine Rolle. Der Vater meiner Oma wurde von den Separatisten inhaftiert, in ein Arbeitslager gesperrt, gefoltert und kam dort im Oktober 1944 zu Tode. Nach den Separatisten kamen die Russen. Am 2. Weihnachtstag 1944 nahmen sie Katharina mit, die große Schwester meiner Oma, gerade 16 Jahre jung.

Niemand konnte es verhindern. Niemand aus der Familie hat sie je wiedergesehen.

Niemand aus der Familie hat im Krieg gekämpft oder sich mit den Ideologien der Nationalsozialisten gemein gemacht. Es reichte einfach aus, als deutschstämmige Bauern in dritter oder vierter Generation am falschen Ort zu sein.

Dann war der Krieg endlich zu Ende, doch das Leid hörte nicht auf. Nach den Russen folgten Beschlüsse der neuen Regierungen. Diese hatten Enteignung, mehrere Jahre Zwangsarbeit und Vertreibung zur Folge. Genommen wurde ihnen alles, lediglich ein Bündel Kleidung durften sie mitnehmen.

1952 flüchtete die Familie vor weiteren Diskriminierungen. Sie wurden in die ganze Welt verstreut. Die Eltern und Geschwister meines Opas versuchten, über Triest mit dem Schiff nach Australien zu kommen. Zwei Jahre stellten sie unermüdlich Anträge, um eine Erlaubnis zu bekommen. Doch die australische Regierung hatte kein Interesse an den alten Menschen. Uroma und Uropa hätten nicht einreisen dürfen, zu alt und zu teuer.

Doch die Eltern zurückzulassen war keine Option. So sind sie letztlich allesamt nach Venezuela, Kolumbien und die USA (Chicoga) ausgewandert.

Die Familie meiner Oma teilte sich auf. Einen Teil der Familie zog es nach Österreich, der andere Teil ging nach Deutschland. Für die Zwangsarbeit, die Enteignung und die Vertreibung gab es einmalig 2000 Mark und eine dauerhaft traumatisierte Seele.

Als mein Opa sich von seinem Bruder trennte, war er 26, sein Bruder 22. Das war 1952. Sie telefonierten immer wieder, schrieben sich. Doch für eine

Reise nach Deutschland oder Südamerika fehlte das Geld und oft der Mut. Wiedergesehen haben die beiden sich 2018, 66 Jahre, nachdem sie auseinander gegangen waren. Es war ein tränenreicher und emotionaler Tag, den man kaum in Worte fassen kann. Mein Opa weinte bitterliche Tränen. Vier Wochen nach dem Wiedersehen starb mein Opa.

Meine Oma ist nun 90 und lebt in ihren eigenen vier Wänden. Wenn ich sie frage, ob sie glücklich ist oder mit dem Leben hadert, dann antwortet sie trotz allem: „Ich hatte ein gutes Leben. Meinen Enkeln und Urenkeln geht es gut."

Sie wird die Pein niemals vergessen, doch hegt sie keinen Groll: „Der einzige Ausweg aus dem Kreislauf der Gewalt ist Vergebung, andernfalls kommen sonst auch die nächsten Generationen nie zur Ruhe."

Gerne sitzt meine Oma genügsam im Garten, aber nie lange ohne Beschäftigung. Denn es gibt viel zu tun, sagt sie. Sie jätet Unkraut, pflückt Johannisbeeren und füttert die Hühner.

So wie früher, vor annähernd 90 Jahren.

Eberhard Kleinschmidt

Mit über 80 Jahren ist Eberhard Kleinschmidt der älteste aktive Poetry Slammer Deutschlands. Nach seiner Promotion arbeitete er von 1972 bis 2004 als wissenschaftlicher Mitarbeiter an den Romanischen Seminaren der TU Braunschweig und der Uni Hannover. Seit seiner Studienzeit ist er als Lyriker unterwegs und veröffentlichte 2009 den ersten von fünf eigenen Lyrikbänden. Zuletzt erschien „Der etwas andere Neujahrsgruß" bei *Dichterwettstreit deluxe*. Da Eberhard Kleinschmidt seine Lyrik gern vor Publikum selbst vorträgt, hat es ihn seit 2013 zu über 400 Poetry Slam-Auftritten verschlagen.

Mehr unter: www.eberhard-kleinschmidt.de

Der Nachtmahr
Von Eberhard Kleinschmidt

Düsternis befällt die Welt.
Wolken zieh'n am Himmel auf,
hindern sich in ihrem Lauf,
drängen vorwärts Feld um Feld,
schieben alles Licht beiseit',
jederzeit zur Schlacht bereit,
so, als gälte es zu streiten
für der Himmelsmächte Macht,
über Tag und dunkle Nacht.
Und in Scharen sie schon reiten,
wild herauf am Horizont,
in der schweren Wolkenfront.

Ach, schon wieder?! War doch erst!
Immer wieder taucht ihr auf!
Ist, als warte ich schon drauf!
Und auch du dabei? Beschwerst
mir mit solcher Last die Brust!
Und du tust's mit großer Lust!

Mittendrin in diesem Heer
dunkelgrauer Schreckgestalten,
von der Masse abgespalten,
stößt nach vorne, mehr und mehr,
nicht zu bändigen als Streiter,
kampfbereit: der dunkle Reiter.

Kannst mich nicht in Ruhe lassen?
Oft schon bist du aufgetaucht,
hast bedrängt mich, angefaucht.
Ich soll endlich mich mal fassen.
Ja, was soll das überhaupt?!
Willst, dass mir der Mut geraubt?

Was für ein Geschöpf mag's sein?
Nicht aus diesem Weltenraum,
wie aus einem bösen Traum,
Wuchs gedrungen, hässlich, klein,
braun, sieht furchterregend aus
mit dem finstr'en Blick, ein Graus.

Doch es lässt mich auch nicht los.
Es sitzt fest, muss stets dran denken.
Die Gedanken anders lenken?
Aber wie? Was mach ich bloß?
Wo führt das nur nochmal hin?
Weiß schon nicht mehr, wer ich bin…

Es wird Nacht, das Licht besiegt,
auch der Himmel gibt sich auf,
dunkel zieht ein Nichts herauf.
Wolken, eben noch bekriegt,
gehen auf in Finsternis.
Alles stockt, ist ungewiss.

Geräuschlos und ohne, dass man ihn vermutet,
so schleicht er sich rein, geht durch Türen und Wände,
ganz so, wie wenn jegliches Hindernis schwände.
Er huscht so, er wischt so dahin und sich sputet,
dass im Nu er sein Opfer im Sprunge erreicht,
bevor es ihm noch aus den Händen entweicht.

„Du tust es aber nicht! Hach, welch Entzücken!
Du rührst im Schlaf Probleme ohne Maß!
Das machst du gut! Für mich ein Heidenspaß,
dich so mit deinem Alter zu bedrücken,
was fehlt, dir immer wieder vorzuhalten
und dich damit ganz langsam zu zerspalten!"

Steig runter, drückst die Brust mir ein!
Hör auf! Krieg keine Luft! Wie schwer
du bist, mein Kopf ist schon fast leer.
Du lastest auf mir wie ein Stein,
wie alles, was das Alter bringt,
das täglich mit sich selber ringt.

„Ein Tatmensch warst du. Wo ist der bloß hin?
Zu träg', um Dinge endlich anzupacken,
schiebst du sie vor dir her, lässt sie versacken.
Dein Schuldbewusstsein spielt die Trösterin.
Dabei dann bleibt's. Du ruhst dich aus,
verkriechst, zurückgezogen, dich im Haus.

Wie eine Welle steigt's nach oben.
Es reißt mich mit, schwillt an, quillt über,
verfließt in mir, geht nicht vorüber,
hat bald mein Denken weggeschoben.
Wo bin ich? Noch im Jetzt und Hier?
Die Sorge unerbittlich greift nach mir.

„Und wieder und wieder sollst du dran denken,
wie Erinnerung schwindet, wie Löcher entstehen,
wie die Namen dir fehlen, wie dir Worte vergehen,
wie das Vergessen will Dinge ins Nichts versenken,
die gehörten zu dir und zum früheren Leben.
Ich will dir die Leere im Kopfe verweben.

Weg, weg mit dir! Du tust mir weh.
Du schreckst mich auf. Du hältst mir vor,
was ich schon selbst hab' längst im Ohr.
Ich spür's doch, was vermisst. Oje!
Ich merk' es jeden Tag aufs Neu,
hab' kein Vertrauen mehr, bin scheu."

Dir fällt schon nichts mehr ein. Die Schreibblockade,
sie legt dich lahm und hindert dich am Dichten.
Ein Spaß ist's, Kreativität vernichten!
Ja, deine Kunst, bald ist sie nur Fassade.
Das war's dann auch: kein Auftritt auf der Bühne.
Wer will dich denn noch seh'n auf der Tribüne?

Nein, nein! Du rührst in einer alten Wunde!
Ach, du vernichtest alle meine Träume!
Was für ein Alptraum ist's! Was ich versäume,
wenn Schaffenskraft nicht mehr mit mir im Bunde,
wenn über meinem Schreiben liegt ein Bann,
wenn ich damit mich nicht mehr zeigen kann!

„Zu langsam bist du, unbeweglich, steif.
Im Schneckentempo, stockend geht's voran,
im Denken, Handeln, Laufen. Mannomann!
Da fehlt nicht viel, und du bist endlich reif
für Stock, Rollator, Rollstuhl und Gedächtnisstütze,
auf Hilfe angewies'n, zu nichts mehr nütze…!"

Von Panik erfasst, fahre ich hoch.
Ich schlage um mich, komme zu mir.
Wer bin ich? Wer wohl? Bist du das hier?
Was war's? Wozu dies schwere Joch?
Es hat erbarmungslos mich durchgeschüttelt.
Hat Angst mir meine Ängste wachgerüttelt?

Der Wettersturm hat sich gelegt.
Die Wolken haben sich verzogen.
Die Nacht ist klar. Am Himmelsbogen
die Schar der Sterne sich bewegt.
Und Mensch und Tier zur Ruhe finden
und neue Kräfte an sich binden.

Niko Sioulis

Niko Sioulis ist 1994 auf die Welt gepurzelt, in Gütersloh aufgewachsen und kam auch dort 2011 zum ersten Mal in Berührung mit einer Bühne. Seitdem engagiert er sich als Poetry Slammer, konnte einige Teilnahmen bei Meisterschaften verzeichnen und organisiert Spoken Word-Veranstaltungen im Kreis Gütersloh, in Bielefeld und darüber hinaus.

Er schreibt gerne über Themen und sprachliche Strukturen, die er interessant findet oder die ihn beschäftigen. Ihm ist es wichtig, die in seinen Texten behandelten Themen reflektiert zu betrachten und anderen Menschen Bezugspunkte zu geben.

Mehr unter: www.slam-owl.de/niko

Herbst
Von Niko Sioulis

Die goldbraunen Blätter der großen Bäume rascheln im Wind. Sanft streicht die milde Brise über die schmutzig-nasse Parkbank und die noch grüne Wiese. Zusammengefegte bunte Blätterhaufen werden erneut vom Winde verweht und durch die Luft gewirbelt, bis sie schließlich wieder die gesamte Wiese bedecken.

Er sitzt da und sieht zu. Sieht zu, wie die Blätter im Wind tanzen. Wie Muster entstehen und vergehen. Wie sie Melodien rascheln. Wie die Bäume im Takt der Böen nicken. Eine letzte Zugabe des Sommers, bevor der Winter die Bühne betritt. Ein Epilog von Wärme trifft auf die Vorboten der Kälte.

Es ist Herbst.

Die Sonnenzeit ist vorbei und die Tage schrumpfen. Dafür steht die Nacht früher auf und bleibt länger wach. Der Wind veranstaltet ein Wettrennen mit den Regenwolken. Ihr Applaus ist der Donner und der Blitz verkündet das Fotofinish. Die Bäume ziehen sich aus, weil ihnen zu kalt ist und die Menschen verwandeln sich in Kleiderzwiebeln. Schicht um Schicht um Schicht gegen das Frieren.

Er mag das. Selbst den Regen, der jetzt langsam einsetzt und dann immer schneller immer mehr wird und die Wiese flutet.

Er mag den Herbst. Weil er ein Ende bedeutet. Eine Pause. Zumindest in der Natur. Winterschlaf haben die Menschen sich abgewöhnt. Längst vorbei die Zeit, zu der der Schnee dem Leben eine Zwangspause auferlegt hat. Zu der am nächtlichen Kamin gesessen wurde. Wärme holt man sich lieber am Glühweinstand. Auf dem Weihnachtsmarkt. Den gibt es überall. Sowohl den Weihnachtsmarkt als auch den Glühweinstand.

Es ist ihm zu hektisch geworden. Zuviel viel. Er ist auch in einem Herbst. Seine Jugend ist verwelkt und seine Haare trennen sich von ihm. Er merkt die Kälte mehr als früher. Sie kommt tiefer in ihn hinein. Bringt ein Zittern in seine Knochen, wie bei einem Skelett. Er ist blasser geworden. Fühlt sich jeden Tag weniger. Ein Schatten seiner selbst.

Er starrt auf die Wiese. Auf das Konzert der Natur. Den Tanz der Bäume und Blätter…

Wenn er an den Sommer denkt, dann findet er es immer etwas schade, dass er so schnell vorbei ging. Kaum war der Frühling zu Ende und alle Blumen erblüht, da kam auch schon die Hitze. Arbeiten ohne funktionierende Klimaanlage. Und ab und zu mal Strand. Er wäre gerne mehr am Strand gewesen. Hätte gerne mehr genossen. Aber er konnte nicht. Das Wetter in seinem Sommer konnte er nicht steuern. Er ist kein Wetterfrosch. Er wusste nie, was als nächstes noch auf ihn zukommen würde. Sein Sommer kam ihm im Verlauf der Zeit immer kürzer vor. Aber das passiert, wenn die großen Meilensteine schon hinter einem liegen. Die Vorfreude richtete sich irgendwann aus dem letzten Rest seines Sommers hinaus auf den Herbst.

Weil er ein Ende bedeutet. Eine Pause.

Sein Sommer war ihm viel zu hektisch geworden. In seinem Herbst hat er mehr Ruhe. Aber dafür Probleme, die ihm neu sind. Im Sommer konnte er nicht erahnen, was der Herbst alles mit sich bringt. Er konnte es zwar wissen, aber nicht verstehen. Jetzt versteht er. Ihm wird kalt. Er genießt den Herbst, so gut er kann. Doch er hat Angst vor dem Winter. Vor der großen Kälte.

Er fühlt sich ein wenig wie die Eichhörnchen. Er sammelt genug Nüsse, um sich für den Winter sicher zu fühlen. Er vergräbt sie im Boden seiner Erinnerung und hofft darauf, dass im nächsten Jahr aus ihnen Neues sprießt. Er weiß, dass der Winter kommt. Und mit ihm die Nacht.

Er mag den Herbst. Weil er eine Pause vor dem Ende bedeutet. Sein Popcorn ist schon lange leer, doch er wartet auf das Finale des Films, der vor seinem inneren Auge vorbeizieht. Er hofft, dass es ein guter Film gewesen sein wird. Und auf eine Fortsetzung, auch wenn er nicht wirklich an sowas glaubt.

Anna Lisa Azur

Anna Lisa Azur (bürgerlich Tuczek) ist der poetische Wirbelwind aus Bonn, der jede Bühne mit geballter und wortgewordener Energie befüllt. Von tiefsinniger Lyrik über humorvollen Rap, von rührenden Familiengedichten bis zu Menstruation und der deutschen Geschichte – ihr ist kein Thema zu fremd, um es nicht in Verse zu verpacken.

2022 wurde Anna Lisa Azur mit dem Preis der jungen Poeten ausgezeichnet und ist Kulturrucksackbeauftragte der Stadt Wuppertal. Sie nahm an diversen Poetry Slam-Meisterschaften teil und organisierte die Landesmeisterschaft in Rheinland-Pfalz.

Mehr unter: @annalisapoetry auf Instagram

Kittelschürzenbraut
Von Anna Lisa Azur

Sogar am Sonntagmorgen steht sie um fünf Uhr auf
und packt sich erstmal fresh ihre Lockenwickler drauf,
dann zieht sie sich ganz fix ihre Plüschpantoffeln an,
weil nur so der Sonntagmorgen richtig starten kann.

Keine fünf Minuten später ist der Küchentisch gedeckt,
die Dauerwelle ist geföhnt, das Gebiss sitzt perfekt.
Saure Gurken, Leberwust,
Zwiebelschmalz und Sauerkraut.
Ich kenn' nur eine, die das zum Frühstück braucht:
Meine Oma, meine Oma, ja, die Kittelschürzenbraut.

Weil es Sonntag ist, denke ich, ihr wisst, was das heißt:
nämlich, dass meine Oma jetzt den Haushalt schmeißt.
Jeder Schlüppi ist gebügelt, sogar Socken macht sie platt,
keine Falte hat es je an ihr vorbei geschafft.
Bad geputzt, Flur gewischt und die Post bereits sortiert,
ist deine Wohnung clean, war sie vielleicht auch bei dir!

Sagrotan? Braucht sie nicht,
denn sie hat Apfelessig.
Kein Saugroboter der Welt nimmt es jemals mit ihr auf:
Meiner Oma, meiner Oma, ja, der Kittelschürzenbraut.

Wenn du denkst, sie bleibt den ganzen Tag Zuhaus',
dann holst du mal besser dein E-Bike raus,
denn sie hat keinen Rollator
und auch einen Gehstock braucht sie nicht,
in ihren Orthopädenschuhen lässt sie jeden hinter sich.

Dabei pflegt sie stets zu sagen: „So langsam wie die an-
deren Rentner, bin ich ja wohl lange nicht!"
Auf ihrem Damenrad düst sie über Stadt und Land,
in ihrem Dorf ist sie als Express-Omi bekannt.
Jeder ICE und Porsche sieht neben ihr alt aus:
Meiner Oma, meiner Oma, ja, der Kittelschürzenbraut.

Meine Oma, die sieht immer ziemlich stylisch aus,
denn – ich erwähnte es bereits –
sie ist eine Kittelschürzenbraut.
Für jeden Anlass gibt's 'ne Schürze,
ob für Küche oder Kirche,
ob gestreift oder kariert,
die sind nach Wochentag sortiert.

Im Kleiderschrank finden sich natürlich auch
zwei Steppjacken in braun und babyblau
und 'ne Stoffhose, wenn's mal 'was schicker sein soll:
„Und *nur* in der ist eine Bügelfalte, woll?"
Ja, meine Oma, die hat Stil,
kein Blumenmuster ist ihr zu viel.
Sie sieht einfach immer gut aus:
Meine Oma, meine Oma, ja, die Kittelschürzenbraut.

Meine Oma, die hat nie Medizin studiert,
doch die Apothekenrundschau
hält sie bestens informiert:
Ob Hämorriden, Diabetes oder Hühneraugen – Mann,
egal, was du hast, sie hat immer voll den Plan.
Von Baldrian bis Bepanthen – oder doch Ibuprofen?
Hat sie dich kurz angesehen,
weiß sie Bescheid…

Und dann steckt sie dich ins Bett!
Mit warmen Wickeln zugedeckt
und auf deinem Nachttischschrank
steht ein Wundermitteltrank,
Hustenbonbons hat sie stets im Kittelschürzenbund
und mit 'ner Umarmung ihrerseits
wirst du schnell wieder gesund.
Diese Art der Medizin, das kann nur eine Frau:
Meine Oma, meine Oma, ja, die Kittelschürzenbraut.

Meine Oma, die kann vieles, aber eins besonders gut,
ziemlich praktisch, dass sie das mit am liebsten tut.
Jamie Oliver, Tim Mälzer und wie sie alle heißen,
die würden sich ziemlich in die Hose… *pupsen*!
Denn Oma, die kann kochen und aus wenigen Zutaten
macht sie dir mal eben so einen Fünf-Sterne-Braten.
Wenn du dich dann fragst, wie sie das gemacht hat,
sagt sie ganz bescheiden,
„dass es nach'm Krieg ja auch nicht so viel gab…"

Ein Rezept braucht sie nicht,
denn sie weiß ja, was sie kann.
Sie kocht und backt nach Gefühl,
niemals brennt bei ihr was an.
Meine Oma ist wirklich so ein richtiger Gourmet,
du hast nur ein Problem,
wenn du vegan bist.

Nudelsuppe, Cordon Bleu,
Rotweinsoße, Weihnachtshirsch,
Apfelstreusel, Erdbeerkuchen
oder doch Schwarzwälder Kirsch?

Nirgendwo schmeckt es besser als bei dieser Frau:
Meiner Oma, meiner Oma, ja, der Kittelschürzenbraut.

Meine Oma nimmt niemals ein Blatt vor ihren Mund,
sie tut jederzeit und überall ihre Meinung kund.
Klaust du ihr mal die Vorfahrt,
dann nimmt sie dich auseinander,
wird von der kleinen, lieben Frau
zum bösen Feuersalamander.

Ja, meine Oma,
die lässt sich niemals die Butter vom Brot nehmen
und kommst du ihr in die Quere,
na, dann kannst du was erleben!
Sie hat mehr Meinung als der Söder
und mehr Charisma als der Scholz,
auf ihre guten Argumente, da ist sie auch wirklich stolz.

Egal, was du glaubst oder denkst oder meinst,
sie steht immer für ihre Ideale ein.
Denn sie ist stark,
sie ist cool und vor allem ziemlich schlau:
Meine Oma, meine Oma, ja, das ist 'ne krasse Frau.

Meine Oma, die hat einen Krieg überlebt,
als junges Mädchen in der Nachkriegszeit
von der Hand in den Mund gelebt.
Ich weiß nicht, wie das ist,
das eigene Haus in Trümmern zu sehen.
Was Hunger für sie bedeutete,
das werde ich nie verstehen.

Sie ist als Waise aufgewachsen,
hat ihre Eltern früh verloren,
hat sich alleine durchgeschlagen
und ist eine starke Frau geworden.

Damals noch im Osten
hat sie zwei Kinder großgezogen,
hatte immer wenig Geld
und ihnen trotzdem alles geboten.

Wahre Liebe, ja, die seh' ich in ihren und Opas Augen
und das Band zwischen den beiden
lässt mich an kleine Wunder glauben.
In jeder Umarmung und jedem Lachen
steckt so viel Herzlichkeit,
für ihre Kinder oder Enkel war ihr nie ein Weg zu weit.

Liebe Oma, du bist krass –
und ich hoffe, das weißt du auch.
Ich bin so froh, dass es dich gibt,
meine Kittelschürzenbraut.

Michael Jakob

Michael Jakob zählte in seiner aktiven Slam-Zeit (2003-2011) zu den erfolgreichsten Slam Poeten des Landes und wurde u.a. zweimal in Folge fränkischer Poetry Slam-Meister. Mittlerweile moderiert der Künstler eigene Slam-Formate, ist derzeit mit seinem 15. Bühnenprogramm auf Tour und schreibt weiterhin fleißig für diverse Shows.

Sein kulturelles Schaffen brachte Michael Jakob bereits mehrere Auszeichnungen ein. 2021 veröffentlichte er mit der Novelle „KERWA BLUES" sein achtes Buch und fungierte 2023 als Herausgeber eines Themenbandes bei *Dichterwettstreit deluxe*.

Mehr unter: www.michaeljakob.de

Generation analog
Von Michael Jakob

Wieder einmal sitze ich in der überfüllten U-Bahn meiner Heimatstadt und sehe all die Jugendlichen mit ihren iPhones spielen. Dabei überkommt mich das Gefühl, alt und überholt zu sein. Abgehängt vom Wandel der Zeit und abgestellt auf einem stillgelegten Gleis dieser Gesellschaft. Vergessen in einer Industrielandschaft, wo die qualmenden Schlote der halbverwesten Fabrikhallen noch die buntesten Farbtupfer in die Ödnis zaubern. Dort stehe ich metaphorisch und alleingelassen – und telefoniere als scheintoter Anachronismus mit meinem Tastentelefon. Doch keiner hebt ab, weil ich nicht vorher geschrieben habe, dass ich gleich anrufe…

Sicher, ich könnte mir auch ein iPhone kaufen, aber wen könnte ich damit hinters Licht führen? Wie eine schlechtsitzende Maske würde ich es mit mir tragen und jeder würde merken, dass ich keiner von ihnen bin. Was will ich mit einem Gerät, das alles, womit ich mich in meinem Leben beschäftigt und das ich angesammelt habe, zunichtemacht?

Meine Plattensammlung zum Beispiel, all die hundert schwarzen Scheiben mit ihren endlosen Rillen. Auf den Müll damit, weil dieses Gerät mehr Musik speichert als tausend Schallplatten und ich zudem jeden Song der Welt überall auf der Welt und jederzeit anhören kann?

Was ist mit meiner Filmsammlung auf VHS? Analoger Schrott, weil auch jeder Film mittlerweile überall aufgerufen werden kann. Teures Taschengeld investierte ich in Filme wie „Rocky“, „Stirb langsam“ oder „The Terminator“. Und ich meine den jeweils ersten Teil, nicht den Abklatsch, den die Jugend von heute im Kino sehen muss, mit Superstars, die ebenso alt aussehen, wie ich mich fühle.

Was ist mit meinen Musikkassetten, die ich aus dem Radio aufgenommen habe, wenn auf Bayern3 die „Schlager der Woche“ liefen, und als Mixtape zusammenschnitt? Aufgeregt lauerte ich mit den Händen an den Tasten vor der Stereoanlage und erinnere mich noch heute an den Ärger, wenn der Radiomoderator in die letzten Takte reinquatschte und die ganze Aufnahme versaute!

Eine schrille Stimme reißt mich aus meinen Gedanken: „Ey, guck ma', das ist Kevin, von Tanzschule gestern. Is' voll süß, ey, oder?“, fragt eines der Mädchen in der U-Bahn ihre Freundin, deren Schminke so dick aufgetragen ist, dass ihre Gesichtshaut selbst bei einem Supergau geschützt wäre. Sie zeigt ihr iPhone, mit dessen Kamera sie einen Schnappschuss von Kevin eingefangen hatte. Sekunden später sind sie auf seinem Instagram-Profil und antworten „lol“ auf seine Story.

Verschämt blicke ich auf den Laptop auf meinem Schoß, den ich vor kurzem noch für modern hielt. Ich klicke auf Verbindung trennen, schließe das Mailprogramm, ziehe den USB-WLAN-Stick und fahre den Rechner herunter, weil ich in drei Stationen aussteigen muss. Ich fühle mich, als würde ich Steintafeln in meine Laptoptasche packen – oder eine Schreibmaschine.

Ich dachte, ich könnte Schritt halten, aber mit jedem Schritt merke ich: Ich komme da nicht mehr mit. Dabei wollte ich doch mit der Zeit gehen und kaufte mir als einer der ersten in meinem Freundeskreis ein Handy. Damals, als alle noch sagten, das sei etwas für Angeber und eine bloße Modeerscheinung. Ich steckte sogar ein Kabel mitsamt Modem in die Telefonbuchse, lauschte dem „Gngngng, tuuüüütchhhdrrnn…" bei jedem Wählvorgang und ging damit in dieses Internet, obwohl alle davor warnten.

Ich legte mir einen DVD-Player zu, als alle noch sagten: „Eine CD mit Film drauf? Das wird sich nicht durchsetzen!", aber auch für mich waren es keine leichten Schritte. Zum Beispiel hat es Jahre gedauert, bis ich mich in der Videothek beim Film zurückgeben nicht mehr gefragt habe: „O Gott?!? Hab' ich die DVD zurückgespult?"

Und mit jedem Schritt, den ich aufholte, rann die Welt zwei Schritte weiter: Blu-ray? Ich weiß noch nicht einmal, warum das so heißt. Ich habe nicht die leiseste Ahnung, was der Unterschied von

HD-ready, HD, Full-HD und HD-plus ist oder warum das analoge Fernsehen abgeschaltet wurde und nicht das gesamte, wenn doch sowieso nichts mehr Gutes kommt. Oder wofür man 400 Kanäle braucht, wenn den Programmmachern doch nichts mehr Neues einfällt. Sogar die Nachrichten wiederholen sich. Rechtspopulisten gewinnen Wahlen, diktatorische Systeme sind auf dem Vormarsch, Staaten spalten sich ab und irgendwo herrscht Krieg.

Ich weiß genau, was passiert, wenn ich mir morgen einen Blu-ray-HD-plus-Player mit zwei Terabyte Festplatte zum direkten Aufnehmen meines Lieblingsprogramms kaufe. Dann steht übermorgen jemand in meinem Wohnzimmer, lacht mir ins Gesicht und sagt: „Hahaaa! Was willste denn damit, der ist ja gar nicht 3D-kompatibel!"

Dann fühle ich mich wieder alt und überholt wie eine abgewrackte Dampflok, die auf einem Abstellgleis dahinoxidiert – aber nein, so darf das nicht enden. Ich fasse einen Entschluss: Ich werde aus dieser U-Bahn aussteigen und mir sofort ein iPad kaufen. Bisher konnte mir zwar niemand sagen, wofür es wirklich gut ist, aber egal! Direkt im Anschluss gehe ich nach Hause und werfe meine Bücher, meine Musiktapes, CDs, VHS-Kassetten und DVDs auf den Müll, kündige meine Zeitungs- und Zeitschriftenabos, denn es gibt ja den SPIEGEL digital, verscherble meine Film- und Fotoausrüstung für einen Euro auf Ebay, trete den Fernseher in die Tonne, fotografiere meine alten Fotos und mache einen eigenen, privaten Instagram-Kanal dafür. Anschließend werfe ich meine gesamten Möbel – bis auf zwei – aus dem Haus, weil ich nichts mehr habe, für das sich Möbel oder Regale lohnen würden. Dann bin ich auch digital, werde in einem kahlen Zimmer kauern, in dem nur ein iSchrank für meine Klamotten steht und ein iBett, auf dem ich schlafe. Zärtlich streichele ich dann mein iPad, das alles andere ersetzt hat: Bücher, Platten, Kassetten, DVDs, Fernseher, Zeitschriften, Telefon, reale Freunde und analoge Gefühle wie Schmerz oder Liebe. Dafür habe ich :(und <3 und natürlich rofl. Dann bleibt mir nur zu hoffen, dass ich dem Reflex widerstehe, beim SPIEGEL auf dem iPad Lesen mit eben diesem eine Fliege zu erschlagen, weil ich denke, ich hätte eine richtige Zeitung in der Hand. So mache ich es!

Ich frage die Kids in der U-Bahn, wo der nächste Apple-Store sei. Während ich der Beschreibung folge, merke ich, dass ich nie einer von ihnen werde, weil sie mich nie akzeptieren würden: Die Mädchen haben mich zum „Fruchthaus Schell", einem Obstladen geschickt. Dort kaufe ich frustriert ein Pfund Äpfel und beschließe, später ein kleines Feuer auf dem Balkon zu zünden. Vielleicht deuten ja einige meiner alten Freunde die Rauchzeichen richtig und kommen heute Abend mit Bier und Chips vorbei.

Jana Goller

Jana Goller ist Slam Poetin aus der bergischen Kleinstadt Wipperfürth. Mit Spoken Word im Wettbewerb, persönlichen Anekdoten in der Moderation, Schreibübungen in Kreativworkshops oder lautem Jubeln im Publikum – die Nachwuchskünstlerin ist schwer zu übersehen. Das liegt einerseits an ihren roten Locken und ihrem überdurchschnittlich großen Körper, andererseits an ihrer intimen Art, Kunst zu teilen.

2019 nahm Jana Goller bei den deutschsprachigen u20-Meisterschaften im Poetry Slam teil, 2021 erreichte sie das Finale der NRW-Meisterschaft.

Mehr unter: @jana_goller auf Instagram

Türklopfen
Von Jana Goller

Früher standen wir zusammen im Bad
Tochter, Mutter, Finger zart
Streichend über mein Haar
In der Dusche standen wir nah
Beieinander
Das Wasser wandert
Über unsere Haut
Tropft auf den Boden
Du hast meinen Kopf einshampooniert
Ich habe geschrien, wenn Schaum in mein Auge lief
Auch wenn es kaum weh tat
Unsere Nacktheit war Selbstverständlichkeit
Nichts war peinlich daran oder unangenehm
Es waren nur Körper und sie waren bequem
Ich schlief nachts unter deiner Decke
Versteckte mich darin
Du wusstest alles, einfach so
Vom Treffen mit Freund*innen bis zum Gang aufs Klo
Ich war, ich bin eine Tochter.

Dann schließe ich die Tür im Bad ab
Wenn ich dusche, nackt
Dann geht dich das nichts mehr an
Ich bin jetzt groß
Also groß bin ich schon immer
Ich bin jetzt erwachsen

Es wachsen Haare
Dunkle Haare an Stellen, die mir nicht peinlich waren
Aber jetzt ganz anders aussehen
Sich ganz anders anfühlen
Ich verändere mich
Mein Körper verändert sich
Mein Körper verändert mich
Ein eigener Rasierer liegt in der Dusche
Ich rufe, jetzt nicht
Die Sicht auf meinen Körper hat sich geändert
Die Ränder meiner Hülle sind geweitet
Es ist Scham, die mich leitet
Ich schließe die Türen mittlerweile
Du sollst klopfen, wenn du rein willst
Jetzt nicht, rufe ich immer öfter
Jetzt nicht, sage ich meistens
Dir gefällt das nicht
Ich solle nicht abschließen
Es gäbe doch nichts zu verstecken
Man könne mir doch nichts weggucken
Aber doch
So fühlt sich das an
Als könne was verschwinden
Wenn man nur lang genug darauf starrt
Zumindest wünsche ich mir das manchmal
Verschwinden sollen die Haare
Weg mit dem Bauch
Ich bin so viel geworden
So viel, dass ich den Überblick über mich verliere

Ich schlafe alleine
Und ich friere
Die Decke ist oft kalt
Ich verstecke mich darunter und suche nach Halt
Ich brauche mehr Platz
Mittlerweile
Ich zeige meinen Körper nicht mehr
Mein Körper gehört mir
Jetzt sprechen wir nicht über Intimes
Allgemein sprechen wir weniger
Weil das jetzt alles meins ist
Und nur ich entscheide, was du mitbekommst
Ich entscheide, welchen Teil du noch sehen darfst
Ich fahre jetzt selber
Ich mache jetzt mehr alleine
Und, klar ist das wichtig
Selbstständigkeit
Du weißt schon
Aber, ich höre dich klopfen
Hinter den Türen
Jetzt nicht, sage ich oft
Aber ich habe dich klopfen gehört
Und das tut mir gut
Ich war, ich bin eine Tochter.

Heute habe ich eine eigene Dusche
Ich rufe dich an
Wir reden viel
Auch über Intimes

Mir ist nicht mehr so viel peinlich
Ich bin wie dein Spiegel
Sagst du manchmal
Ich bin dir sehr ähnlich
Fällt mir auf
Mein Körper ist nicht mehr so schambehaftet
Weil ich den Überblick darüber zurückgewonnen habe
Ich weiß jetzt, wo ich beginne, wo ich ende
Wie ich mich anfühle
Und, dass es schön sein kann, viel zu sein
Manchmal
Ich war, ich bin deine Tochter.

Bald, wenn ich klopfe
An deinen Türen
Weiß ich, sie stehen offen
Ich werde klopfen
An deinen Türen
Warte ab
Irgendwann steht vielleicht meine Tochter im Bad
Und sie darf die Tür abschließen, wenn sie mag
Behutsam werde ich klopfen
Ich will ihr zeigen, dass die Haare ganz normal sind
Ihr zu verstehen geben, dass es schön ist mit viel Körper
Weil da viel Platz ist
Für Liebe und Charakter
Wenn sie dann nachts unter meiner Decke schläft
Darf sie sich auch darunter verstecken
Weil man sich nicht immer gut finden kann

Wir stehen irgendwann vor deiner Tür dann
Klopfen wir
Kommt rein
Wirst du rufen
Sicher, wirst du sagen
Kommt rein
Und ich weiß
Dir tut das gut
Ich war und werde immer deine Tochter sein.

Irgendwann vielleicht
stehen wir zwei wieder zusammen im Bad
Tochter, Mutter, Finger zart
Streichend über dein Haar
In der Wanne sitzt du
Ich nah
Daneben
Das Wasser wandert
Über deine Haut
Tropft auf den Boden
Ich werde deinen Kopf einshampooniert haben
Weil deine Arme so schwach geworden sind
Vielleicht schreist du, wie ich als Kind
Wenn Schaum in dein Auge läuft
Auch wenn es kaum weh tut
Deine Nacktheit wird Selbstverständlichkeit sein
Nichts wird peinlich daran oder unangenehm
Es sind ja nur Körper und sie sind bequem
Geräumig genug zum Lieben.

Lukas Knoben

Der Aachener Lukas Knoben ist bereits seit 2014 auf Kleinkunstbühnen des deutschsprachigen Raums unterwegs. Der Autor und Slam Poet schafft mit seinen Texten einen gekonnten Spagat zwischen lustigen Alltagsgeschichten und furioser Rap-Lyrik.

Er ist Ensemblemitglied der legendären Aachener Lesebühne „Chaos Lese Club", mit der er 2021 ein Buch veröffentlichte, und leitet u.a. für das Netzwerk „Schule ohne Rassismus, Schule mit Courage" regelmäßig Schreib-Workshops. Neben seiner Arbeit im Kreativen Schreiben ist Lukas Knoben auch als freiberuflicher Musikjournalist aktiv.

Mehr unter: @lukasknoben auf Instagram

Ich bin 80 Jahre alt
Von Lukas Knoben

Hallo. Ich bin 80 Jahre alt. Ja, ihr habt richtig gelesen: Ich bin 80 Jahre alt. Ich bin 80 Jahre alt und ich habe noch längst nicht mit dem Ganzen hier abgeschlossen. Ich meine, es gibt noch so unfassbar viel zu tun, so viel zu sehen, zu erleben und noch so viele Menschen kennenzulernen. Das will ich noch.

Ich bin 80 Jahre alt und ich gehe regelmäßig sonntags zum Bäcker, um mir frische, noch dampfende, Brötchen für ein ausgewogenes Sonntagsfrühstück zu besorgen. Die Verkäuferinnen hinter der Theke warten gar nicht erst ab, bis ich meine Bestellung aufgebe. Sie wissen, was ich möchte. Das, was ich schon immer wollte: Drei Brötchen und eines der leckeren Schokocroissants, die meine Frau doch so liebt.

„Was für eine Kalorienbombe", sagt sie immer und lacht dabei so herzlich, wie sie es immer tut. Dann, wenn sie weiß, dass sie sich etwas aufgrund ihrer Gesundheit gar nicht erlauben könnte, aber einfach nicht widerstehen kann und es dann trotzdem tut. Wie dieses Schokocroissant zu essen eben.

„Aber sonntags ist Ruhetag, sonntags ist was Besonderes, da kann man sich sowas schon mal erlauben", denke ich mir und trete mit einer vollgepackten Bäckertüte den Heimweg an.

Ich bin 80 Jahre alt und ich liebe es, Auto zu fahren. Und ich bin mir sehr sicher: Ich bin keiner dieser Blindschleichen-Rentner, denen man mit heruntergelassener Scheibe hinterherruft, sie sollten ihren Führerschein doch endlich abgeben! Oder sie sollten zumindest einen Waffenschein machen, der wäre wegen der geringen noch verbliebenen Fahrtkenntnisse fürs Autofahren nötig.

Nein, ich bin ein sicherer Autofahrer. Schalten, parken und Gefahrenbremsung könnte ich sicher alles auch im Schlaf. Autofahren, das kann und das mache ich schon, seit ich denken kann. Autofahren bedeutet Freiheit für mich. Mit offenem Fenster die vorbeisausende Sommerluft einatmen und den Wind in den Haaren oder mittlerweile dem Toupet spüren. Dabei fühle ich mich grenzenlos frei. Keine zehn Pferde bekommen mich in so einen Bus oder einen Zug. Ich weiß doch gar nicht, wie das funktioniert – und dann die ganzen fremden Menschen. Nein, ich bin Autofahrer und fahre, wohin ich will.

Ich bin 80 Jahre alt und ich liebe Musik. Alte Platten aus vergilbten Papierhüllen schieben, mit einem kräftigen Pusten den Staub entfernen, die Nadel in die engen Rillen absetzen und die alte Anlage im Keller laut aufdrehen. Es bringt mich runter, die bebenden Bässe zu spüren. Ich kann mich noch genau an meine erste Platte der Beatles erinnern. Eine Band, die Legendenstatus erreichen sollte.

„Here comes the sun!", singe ich dann laut mit und denke dabei an alte Zeiten. An wilde Studentenpartys in meiner alten Einzimmerbutze und an die unvergesslichen Sonnenuntergänge an karibischen Stränden in den Flitterwochen mit meiner Frau. Ich denke an die Grillpartys auf unserer Terrasse mit den Kindern und unseren besten Freunden und an die unzähligen Stunden, die ich mit Musikhören in diesem Keller verbracht habe, während mein kleiner Enkel auf meinem Schoß saß und im Takt mitwippte. Früher mochte er die Beatles. Heute hört er diesen Hip-Hop. Für mich ist das nur viel Lärm um nichts. Wenn ihr mich fragt, dann müssen diese ganzen harten Typen doch nur so vor Komplexen strotzen. Wie kann man sonst so eine große Klappe haben und so wenig Musik dabei rumkommen lassen? Aber sagt's nicht meinem Enkel, der hat doch so viel Spaß daran.

Ich bin 80 Jahre alt und ich liebe Essen. Ich liebe den Geruch von frisch gekochtem Wildscheingulasch mit Kartoffelknödeln und Rotkohl. Eine Symbiose verschiedenster Geschmäcker, die sich zu dem zusammensetzt, was für mich „zuhause" bedeutet. Ich liebe das Knuspern noch glühend heißer Bratkartoffeln, das entsteht, wenn ich sie aus Ungeduld und Appetit aus der Pfanne stibitze und mir dabei zurecht die Zunge verbrenne. Ich liebe den gleichmäßigen Strudel, der sich bildet, wenn ich frischen

Vanillepudding mit Schokoladensauce vermische. Und ich liebe meine Frau. Meine Frau Helga ist die weltbeste Köchin. Ich hingegen sei ihr schärfster Kritiker, aber auch bester Kunde, sagt sie.

Ich bin 80 Jahre alt und ich bin sehr oft allein. Ich gehe sonntags regelmäßig zum Bäcker, um Brötchen zu holen. Doch wenn ich dann vor der Theke stehe, vergesse ich oft, was ich eigentlich wollte. Gut, dass mich die meisten Verkäuferinnen noch von früher kennen und wissen, was ich immer nehme. Zuhause angekommen erinnert mich das Schokocroissant, das ich beim Auspacken entdecke, daran, dass Helga mittlerweile schon zwei Jahre fort ist. Ich vermisse den Geruch ihres Gulaschs, der für mich „zuhause" war, vermisse ihre knusprigen Bratkartoffeln, den Strudel aus Vanillepudding und Schokoladensauce, doch vor allem vermisse ich sie.

Ich bin 80 Jahre alt und ich liebe es, Auto zu fahren. Autofahren bedeutet für mich Freiheit. Ich bin mir sicher, keiner dieser Blindschleichen-Rentner zu sein, doch das sah meine Tochter ganz anders, als sie mir kurz nach Helgas Tod meinen Führerschein und meine Autoschlüssel wegnahm. Zu meiner eigenen Sicherheit solle ich Bus oder Zug fahren. Das muss man sich erstmal vorstellen. Ich weiß doch gar nicht, wie das funktioniert – und die ganzen fremden Leute. Da bleibe ich lieber zuhause.

Ich bin 80 Jahre alt und ich liebe Musik. Laut muss sie sein, der Bass muss beben. Dann bringt sie mich runter, dann entspannt sie mich. Doch allein und ohne Hilfe schaffe ich es nicht mehr in meinen Musikkeller. Ich schaffe es nicht mehr zu meiner alten Anlage und meinen alten Beatles-Platten.

„Here comes the sun!", singe ich manchmal, wenn ich zuhause rumsitze, doch ohne die verstaubten Platten und das Dröhnen der Anlage, ist es nicht das Gleiche. An Feiertagen oder zu anderen besonderen Ereignissen kommt mein Enkel mich besuchen. Doch er geht ungern mit mir in den staubigen, alten Keller. Meist hört er mit seinen Kopfhörern auf einem Ohr Musik. Ich würde so gerne nochmal mit ihm Zeit verbringen, ohne diese Dinger, auf denen ständig Hip-Hop läuft. Doch das sage ich ihm nicht, er hat doch so viel Spaß daran.

Ich bin 80 Jahre alt und obwohl ich nicht viel rumkomme, bin ich überall zu finden: In Berlin, Frankfurt, Köln, München und sogar in Wuppertal.

Ich bin 80 Jahre alt und ich danke euch für diese paar Minuten Aufmerksamkeit. Ich danke fürs Lesen und vielleicht ja auch fürs Erinnern an mich. Und falls du mal in der Nähe bist, dann schau doch einfach mal vorbei.

Ich bin 80 Jahre alt und für mich sind 5 Minuten deiner Zeit mehr, als du dir vorstellen kannst.

Alex Paul

Frisch nach Paderborn gezogen, entdeckte Alex Paul 2016 seine Liebe zur Bühne. Seitdem ist er dem Poetry Slam verfallen und organisiert/moderiert seit 2019 den Galerie Slam in Lippstadt.

In seinen Texten verwebt er ernste Themen bis hin zu lustig-selbstreferenzieller Prosa. Er schafft immer wieder den Sprung von sich selbst zum Zuschauer und lässt seine Einstellung zu ihm wichtigen Themen durchscheinen. Alex Paul ist gesellschaftskritisch, zumindest soweit er die Dinge versteht, und vor allem authentisch: wo Alex Paul draufsteht, ist auch Alex Paul drin.

Mehr unter: @alexrpaul auf Instagram

Altern ist nichts für Feiglinge
Von Alex Paul

Es gibt Dinge auf dieser Welt, mit denen tue ich mich schwer. Das ist einfach so. Manche Dinge bereiten mir größere Probleme als Anderen, aber bestimmt gibt es genauso Dinge für andere Menschen, mit welchen sie Probleme haben.

Mein größtes Problem ist meine Mitbewohnerin Ulrike und ihre Ignoranz im geteilten Haushalt. Sie ist zum Beispiel sehr gut darin, eine leere Toilettenpapierrolle hängen zu lassen, anstatt sie wie jeder Mensch mit einem IQ über 50 einfach wegzuräumen und eine neue Rolle aufzuhängen. Die neue Rolle liegt links von dir und du musst sie nur rechts von dir aufhängen. Du musst dafür nicht einmal deinen Stuhlgang unterbrechen, das kannst du beides gleichzeitig machen! Ist das nicht fantastisch? Das nennt sich Fortschritt dank Effizienz.

Ich könnte stunden- oder sogar tagelang weitere Dinge aufzählen, wie, dass sie nie spült, aber dann unsere Badewanne länger besetzt als die Amerikaner Länder mit Ölvorkommen. Sie lässt den Biomüll lieber lebendig werden und spielt mit ihm Monopoly, bevor dieser rausgebracht wird. Und der Putzplan schränke sie ihrer Meinung nach auch viel zu sehr in ihrer menschlichen Freiheit ein.

Kurz gesagt: Dank ihr habe ich nicht nur gelernt, dass Vergeben und Geduld nicht meine Stärken sind, ich bin auch noch herausragender Hausmann geworden. Doch gerade im zwischenmenschlichen Zusammenleben soll man ja Kompromisse eingehen und auch die Talente des anderen anerkennen. Meine Mitbewohnerin ist zum Beispiel gut darin, Jenga zu spielen. Vielleicht kommt das auch daher, dass sie es schafft, den dreckigen Geschirrberg immer weiter wachsen zu lassen, ohne dass er umfällt.

Das verursacht dennoch Probleme – also nicht ihr Jenga-Talent, sondern ihre geringe Aufräum- und Putzbereitschaft. Probleme, die ich mit ihr habe. Sie hat einfach andere Prioritäten. Dabei spielt es für sie natürlich keine Rolle, dass es in meinen Augen die absolut falschen Prioritäten sind. Oder dass der Haushalt trotz Putzplan saumäßig ausschaut und sie mittlerweile mehr Zeit mit dem Biomüll als mit ihrem Mitbewohner verbringt.

So ein Putzplan sei laut Ulrike übrigens nur eine Erfindung der Putzmittelindustrie: Wir besitzen bestimmt zehn verschiedene Arten von chemischer Säuberung, jedoch keinen sauberen Boden. Ich hätte lieber zehn saubere Böden und keine Chemiewaffen im Schrank.

Das größte Problem, welches ich jedoch mit meiner Mitbewohnerin habe, ist: Kommunikation.

Ich bin nicht ihr Vater. Der ist im zweiten Weltkrieg verstorben. Ulrike ist 83 Jahre alt. Ich sollte einer 83-Jährigen nicht erklären müssen, wie man einen Haushalt führt. Ich sollte mit einer 83-Jährigen gar nicht zusammenwohnen! Wieso dies trotzdem der Fall ist? Die Mietpreise in Ballungszentren sind enorm – gerade in einer Weltmetropole wie Paderborn.

Nun könnte man mich natürlich fragen, ob ich nicht überreagiere und das alles in einem ganz normalen Gespräch mit ihr regeln könnte. Sie ist eine alte Frau, welche trotz ihrer angeblichen Gicht verdammt gut im Jenga ist, bestimmt hat sie in ihrem Alter einfach andere Sorgen. Jeder hat mal einen schlechten Tag und bin ich da nicht etwas empfindlich?

Ja, da ist Alex empfindlich! Ich erwarte doch auch nicht viel. Ich sehe es nur nicht mehr ein, jeden Morgen in der Küche vom Biomüll begrüßt zu werden. Oscar macht mir Angst…

Ich bin aber auch bei anderen Dingen empfindlich. Zum Beispiel bin ich empfindlich, wenn es darum geht, meinem Opa zuzuschauen, wie er erst meine Oma nach langem Kampf verloren hat, dann wieder lernen musste, allein zu leben, und gemerkt hat, dass er das nicht mehr schafft. Ich bin empfindlich, wenn es darum geht, dass mein Opa nachts meine Mutter angerufen hat, weil er nicht wusste, welche Tischdecke er benutzen soll und wo Oma wäre, sie wisse das bestimmt. Ich bin empfindlich, wenn mein Opa nun in einem Altersheim ist, welches sich anfühlt wie ein endloses Wartezimmer, in welchem er bleiben muss, bis die Demenz ihn dahinrafft.

Ulrike hat mir nun mitgeteilt, dass sie bald ausziehen möchte. Sie sagt, dass es durchaus an mir liege und ich mich einfach nicht gut genug um die Wohnung kümmern würde. Sie sei auch in einem Alter, in welchem sie Hilfe bräuchte, und sie habe nicht das Gefühl, dass sie sich auf mich verlassen wolle. Deshalb ziehe sie bald in eine Senioren-WG, ob ich ihr nicht beim Umzug helfen könne.

Nach einer verlorenen Partie Jenga, vielen Kisten und Klamotten, einem Hexenschuss sowie einem blauen Auge später stand ich vor einer weißen Tür. Hinter dieser Türe befand sich ein großer Raum, welcher mich offen begrüßte. Auf der einen Seite eine riesige, offene Küche. Auf der anderen ein alter Schrank, bis zum Rand mit Porzellan gefüllt. Davor, mit Blick auf den Fernseher, eine Reihe von verschiedenfarbigen, bequemen Couchsesseln mit Verstellfunktion, welche jedes Mitglied der Senioren-WG selbst mitgebracht hat. Eine Dame hatte sogar ihre komplette Couchgarnitur beigesteuert. Jedes Mitglied durfte Sachen von zuhause mitbringen, um sich wohlzufühlen. In der Mitte des großen Raumes saßen die Bewohnerinnen und Bewohner der WG und begrüßten mich freundlich.

Gerade lasen sie gemeinsam die Tageszeitung. „Das ist hier Tradition", sagte Eva. Eva hatte mich hereingelassen, mir mit einer flotten Handbewegung ein paar der Kartons und Klamotten abgenommen und mich anschließend zum Zeitungskreisel gesetzt. Dazu gab es eine Tasse Tee serviert.

Eva war die gute Seele des Hauses: „Um acht Uhr wird gefrühstückt, um neun Uhr wird Zeitung gelesen und um zwölf Uhr gibt's Mittagessen."

Eva ist hier die Betreuerin und kümmert sich darum, dass es der WG an nichts fehlt. Sie spielt mit ihnen, kümmert sich um den Haushalt oder geht individuell auf die Bewohnerinnen und Bewohner ein. Wenn zum Beispiel eine alte Frau nicht mehr mit sich weiterweiß, dann kommt Eva, nimmt sie an die Hand und geht mit ihr eine Runde spazieren. All das macht sie Tag ein, Tag aus. Ich kann ihr nur meinen größten Respekt dafür zollen.

Ich habe vor einigen Sachen großen Respekt. Zum Beispiel vor der 92-jährigen Dame, welche trotz Oberschenkelhalsfraktur nicht aufgibt und schon bald wieder laufen möchte. Ich habe Respekt vor den beiden Damen, 92 und 81 Jahre, mit welchen ich Uno, Mensch ärgere Dich nicht und natürlich Jenga gespielt habe – alte Menschen sind verdammt gut in Jenga. Respekt vor der 70-Jährigen, welche immer noch zum Rewe spazieren geht, weil Bewegung wichtig ist. Ich habe Respekt vorm Altern.

Ich mag das Konzept der Senioren-WG. Es fühlt sich an, wie eine richtige WG und wer sagt, dass man das im Alter nicht machen kann? Hier ist man nicht allein und hat nicht das Gefühl, warten zu müssen, bis es vorbei ist.

Menschen brauchen Menschen um sich herum, das ist mir dort mal wieder mehr als klar geworden. Menschen brauchen aber auch Menschen, welche helfen, wenn man sich selbst nicht mehr helfen kann – und das kann nicht immer die Familie machen. Dafür bin ich dankbar.

Ich bin für viele Dinge dankbar. Ich bin dankbar, dass ich noch etwas brauche, bis ich alt werde und dann hoffentlich in eine Senioren-WG einziehen kann. Dankbar, dass ich dann dort hoffentlich mit den anderen Rentnern aus meiner Generation Mario Kart spiele, mich mit ihnen über Memes unterhalte und von früher erzähle, als Krieg ums Klima geführt wurde, Krieg um Menschenleben, aber natürlich nicht alles schlecht war. Ich bin dankbar über den Ratschlag der 92-jährigen Dame, welche mit ihrer Oberschenkelhalsfraktur im Bett lag und mir sagte: „Altern ist nichts für Feiglinge."

Und irgendwo bin ich auch dankbar für die Zeit, welche ich mit Ulrike verbringen durfte. Sie konnte den Geschirrberg irre hoch stapeln, aber dafür konnte man gut mit ihr reden, Glühwein trinken und sie war immer da, wenn die Not sie rief.

Es gibt Dinge auf dieser Welt, mit denen tue ich mich schwer, aber das ist okay.

Ich kann nicht alle meine Probleme allein Lösen und ich werde im Leben immer Menschen an meiner Seite brauchen, die mich unterstützen, wenn ich im Leben einmal nicht so kann, wie ich will.

Für Ulrike sowie die anderen Bewohnerinnen und Bewohner ist Eva dieser Mensch, der sie an ihrer Seite unterstützt. Wie viel man von Eva noch lernen kann, konnte ich an den fröhlichen und lebendigen Gesichtern der gesamten WG ablesen. Wie am verschmitzten Gesicht der 92-jährigen Oma, als sie mich im Jenga besiegte.

Die Zeit mit meinem Opa hat mir aufgezeigt, dass man das Altern nicht aufhalten kann. Aber durch Ulrike habe ich gelernt, dass es noch andere Arten des Alterns gibt, als in irgendeinem Altersheim dahinzuvegetieren. Das wäre auch etwas für meinen Opa!

Solange es Menschen wie Eva gibt, mache ich mir keine großen Gedanken ums Alt werden mehr. Nur darüber, dass es irgendwann nicht genug Evas gibt, weil die viel zu schlecht bezahlt und wertgeschätzt werden.

Ich brauche keine Angst vorm Altern zu haben. Denn Altern macht bestimmt sogar Spaß!

Tobias Beitzel

Tobias Beitzel ist Poetry Slammer, Comedian und Kulturveranstalter aus Bad Berleburg im Wittgensteiner Land. Seit 2017 begeistert er auf Bühnen in ganz Deutschland ein Publikum jeder Altersklasse. Seine Themen sind dabei vielfältig – von der großen Politik bis zum kleinen Leben auf dem Land wird alles analysiert und niemand ist vor ihm sicher.

Im Jahr 2019 erreichte er das Finale der NRW-Meisterschaften im Poetry Slam und wurde mit dem Preis der jungen Poeten Deutschlands ausgezeichnet. Sein Radioformat „Beitzels Lautsprecher" bei Radio Siegen erfreut sich zudem großer Beliebtheit.

Mehr unter: www.tobias-beitzel.de

Ein Koffer voller Briefe
Von Tobias Beitzel

Kirchenglocken, Fachwerkhäuser,
Dorf im Altkreis Wittgenstein.
Strohfußmatten vor den Türen
laden dich ins Inn're ein.

Schieferdächer, große Hecken,
Verzierungen am Dachgebälk,
den Ort umschließt fast gänzlich Stille,
nur ein Hund der manchmal bellt.

Der Morgentau bedeckt die Wiesen,
darin gespiegelt Sonnenlicht,
Fichtenwälder in der Ferne,
Morgennebel nimmt die Sicht.

Der alte Ortskern sieht so ähnlich
seit 150 Jahren aus.
Und schon immer wirkt er friedlich,
nach Bösem schaut man unnütz aus.

Man wills kaum glauben, doch es ist
erst gute 70 Jahre her
dass die Söhne dieser Häuser
mit Waffenrock, Helm und Gewehr

nach Osten gingen und nach Westen,
für Führer, Volk und Vaterland
und Leiden über Menschen kam
durch dieser jungen Männer Hand.

Dass Mütter, Väter, Kinder, Brüder
angsterfüllt nur warteten
auf Neuigkeiten, Lebenszeichen,
Feldpostbriefe, Nachrichten.

Das Einzige, was Hoffnung gab
inmitten von all diesem Leid,
war die Post, die von der Front kam,
selten nur, von Zeit zu Zeit.

Der Krieg war aus, der Kampf vorbei,
manche Söhne kehrten Heim.
Manche Mutter blieb allein,
manche Tränen, manches Wein'.

Für manche war der letzte Brief,
den ihnen noch ihr Liebster schrieb,
die letzte Nacht, die ihnen
am Schluss noch als Erinnerung blieb.

Im kleinen Dorf zog Frieden ein.
Man sprach hier nicht mehr über Krieg,
man war nicht schuld, war nicht dabei,
man musste, wars Leben lieb.

Von Lagern, Kammern, Zwangsarbeitern
habe man doch nichts gewusst.
Soldatenehre, Führertreue,
nur Befehle, pflichtbewusst.

Und die Koffer und Kisten
mit Briefen so vielen
verschwanden vergessen
auf Böden und Dielen.

Verstaubten für Jahre
in Fächern und Ecken,
dass unsre Kinder
sie bloß nicht entdecken.

Wer will das schon wissen,
es ist doch vorbei.
Wem bringt es denn noch,
das ständige Geschrei?

Mehr als 70 Jahre später:

In einem der Häuser
werden Möbel geräumt,
die schon seit Jahrzehnten
die Diele gesäumt.

Man schaut in Regale
und stöbert in Kisten

um hier endlich einmal
ganz auszumisten.

Und in einem der Fächer,
von Staub überzogen,
liegt ein mattbrauner Koffer,
ganz abgewetzt schon.

Vergoldete Schnallen und
das Leder voll Rissen.
Ich öffne voll Neugier,
will so vieles Wissen.

Ich seh' zackige Handschrift,
vergilbt und erblasst,
die Briefe, das Stammbuch,
Dokumente, den Pass.

Du schriebst am 6.7.1944:

Liebe alle,

nach langer Zeit kann ich euch mal wieder einen Brief schreiben. Ich liege im Lazarett und habe am rechten Arm am Ellbogen einen Durchschuss. Der Arm soll wohl nicht steif bleiben. Jetzt kann ich wieder selbst schreiben, somit geht es mir gut und ich hoffe auch dasselbe von euch.
Mit herzlichen Grüßen von hier verbleibe ich, euer Adolf.

Damals warst du 20 Jahre alt.

Und ich sehe dich vor mir,
wie dort liegst
auf einem Feldbett in Russland
und diesen Brief schriebst.

Die Schmerzen sind schlimm,
doch bieten Pause vom Kampf,
vom Töten und Frieren,
vom ewigen Krampf.

Was hat dich getrieben,
dich damals zu melden?
Zu nehmen die Waffe,
zu tragen den Helm.

Du warst doch erst 17,
hattest sicher viel vor.
Warst du dir wirklich klar,
was dir stand bevor?

Warst du überzeugt
oder hattest du Zweifel?
Kämpftest du voller Stolz,
oder wurd's in dir heikel?

Du schriebst am 26. Januar 1945:

Meine lieben alle,

ihr werdet denken, dass ich von Berlin weg bin. Nein, das ist nicht der Fall. Es lief eine Parole, dass wir in den nächsten Tagen abhauen sollten, aber mit einem Mal hört man nichts mehr. Heute wurden Freiwillige für einen Panzer-vernichtungslehrgang gesucht.

Ich habe mich dazu gemeldet. Und zwar aus dem Grund, möglichst schnell von hier weg zu kommen. Denn wenn ich es auch nicht gern schreibe, aber so einen…

An dieser Stelle ist die erste Seite zu Ende.
Die Zweite fehlt.

Wovor hattest du Angst,
was hast du gesehen?
Warum wolltest du wie
auch immer nur gehen?

Was schriebst du nicht gerne?
Wie war dieser Krieg?
Was war es,
was dir in Erinnerung blieb?

Ich würde dich so gern fragen,
doch weil das nicht mehr geht,
bleibt mir nur ein Koffer voller Briefe,
der auf der Diele steht.

So viele sind tot,
können nicht mehr erzählen,
können die Fragen nicht hören,
die wir ihnen stellen.

Und so wird viel vergessen,
wird Vieles verdrängt,
werden die alten Zeiten
längst abgehängt.

Und man hört Viele rufen,
es sei doch jetzt gut.
Sie reden von Schuldkult,
sind selbst voller Wut.

Zwischen uns und dem Blitzkrieg
liegen nur gut 70 Jahre.

Zwischen uns und den KZs
liegen nur gut 70 Jahre.

Zwischen uns und den Gaskammern
liegen nur gut 70 Jahre.

Zwischen uns und Schützengräben,
liegen nur gut 70 Jahre.

Zwischen uns und Bombenhagel,
liegen nur gut 70 Jahre.

Und sitze vor dem Koffer
und ich raufe mir die Haare.

Und bin noch mehr überzeugt,
dass die größte der Aufgaben
unsrer Zeit es ist, für immer
die Erinnerung zu bewahren.

An das, was Menschen taten
in diesem, unsrem Land,
mutig dafür einzustehen,
mit Wort und Tat und Hand.

Den wenn wir nicht reden
und nicht diskutieren,
dann werden wir dieses
Wissen verlieren.

Und dann wird es vergessen,
dann staubt es ein,
wird nur noch ein Fleck
in der Vergangenheit sein.

Und dann bleibt uns,
wenn der Letzte geht,
nur der Koffer voller Briefe,
der auf der Diele steht.

Edith Brünnler

Edith Brünnler wurde 1953 in Ludwigshafen geboren und entdeckte 2001 nach kleinen Gedichten in ihrer Jugend endgültig die Liebe zum Schreiben. Mit spitzer Feder schreibt sie vor allem satirische Kurzgeschichten, aber auch Gedichte und Rap-Texte auf Hochdeutsch oder Pfälzisch. Humorvoll, skurril, aber auch kritisch hinterfragt sie Alltäglichkeiten und lässt ihre Leser*innen dabei die Perspektive wechseln.

Mittlerweile hat sie sieben Bücher veröffentlicht, tritt seit 2013 regelmäßig bei Poetry Slams auf und ist mehrfache Preisträgerin des Mundartwettbewerbs Dannstadter Höhe.

Mehr unter: www.edith-bruennler.de

Das Interview
Von Edith Brünnler

„Ich übernehme das!"

Oliver Breitlings Kollegen in der Lokalredaktion hatten erleichtert aufgeatmet. Niemand außer ihm wollte irgendwelche unbekannten Jubilare besuchen. Selbst der Praktikant berichtete lieber über die Makramee-Ausstellung in der Sparkasse.

Oliver Breitling verstand das nicht. Er mochte die Interviews mit diesen alten Leuten. Sie freuten sich immer so, wenn „der Mann von der Zeitung" kam. In einer kleinen Ortschaft bei der Zeitung zu arbeiten, ist fast gut wie der Bürgermeister zu sein.

Drei Adressen standen heute auf seiner Liste. Die Eiserne Hochzeit des Ehepaars Weißenberg hatte er schon hinter sich gebracht. Es war das Übliche gewesen. Kennenlernen auf der Kirchweih, dann der Krieg, die Entbehrung, drei Kinder großgezogen, sich geopfert für die Familie, aber trotzdem: Es war eine schöne Zeit. Die beiden erzählten gerne. Wahrscheinlich hatten sie sonst kaum eine Ansprache und was zwischen ihnen zu reden gewesen wäre, war längst ausgesprochen oder vergessen. Dabei lächelten sie einander an.

Wie trostlos das alles war. Aber zum Glück gab es ja ihn, Oliver Breitling. Er war so eine Art Retter aus der Eintönigkeit. Er hörte ihnen zu. Er schrieb ihre Geschichten auf und vermittelte ihnen so das Gefühl, dass ihr Leben doch nicht ganz ohne Bedeutung war. Eine perfekte, barmherzige Lüge!

Genau wie bei Frau Riedel. Sie war schwerhörig, was seine Stimmbänder erheblich strapazierte. Zudem bekam er ständig Hustenanfälle. All die verstaubten Erinnerungsstücke in dem kleinen Wohnzimmer nahmen ihm die Luft. Doch, sagte sie, für fünfundachtzig gehe es ihr ganz ordentlich. Ihr Geheimnis? Feste Regeln, ein Leben lang feste Regeln. Immer zur gleichen Zeit aufstehen, abends früh zu Bett, sehr viel Arbeit schon als Kind, aber es sei trotz allem ein erfülltes Leben gewesen. Sie hätten auch viele, schöne Feste gefeiert, damals, als ihr Richard noch lebte…

Das mit den Festen würde er weglassen. Es passte nicht ins Bild. Wahrscheinlich sah sie das auch ein bisschen zu verklärt. Er kannte sich da aus. Schließlich hatte er schon so viele identische Lebensläufe geschrieben, dass er sie irgendwann in Kategorien einteilen konnte. Nun brauchte er nur eine dieser alten Geschichten als Vorlage zu nehmen, den Namen zu ändern, ein paar Sätze umzuformulieren und schon war seine Arbeit getan. Anschließend konnte er noch ins Schwimmbad gehen oder ins Kino. Das war der Lohn der guten Tat. Er lächelte zufrieden vor sich hin. Ja, er hatte ein beneidenswertes Leben. Da konnte er diesen armen, alten Leuten ruhig ein wenig von seinem Glück abgeben. Freundlich winkte er noch einmal zu Frau Riedels Fenster hinauf. Dann startete er den Motor.

Frau Behrens wohnte ein Stück weit draußen vor der Stadt. Ihr helles und von alten englischen Rosen umranktes Haus stand ein wenig abseits am Ende der Straße. Im Garten blühte weißer Phlox vor leuchtend blauem Rittersporn. Das würde ein nettes Gespräch werden. Gartenarbeit halte jung, man sei immer an der frischen Luft. Vermutlich hatte sie ihr Leben lang keine anderen Interessen gehabt. Arme Frau Behrens. Mit einem mitleidigen Lächeln läutete er an der Tür. Es dauerte einen Moment, bis ihm eine große dunkelhaarige Frau öffnete. Über ihrem langen, schwarzen Rock trug sie eine leuchtend rote Bluse, die mit einem Ledergürtel in der Taille zusammengehalten wurde.

„Auch eine von diesen Frauen, die nicht in Ehren alt werden können", fuhr es ihm durch den Kopf. Unmöglich! Schon allein die Farbe der Bluse! Er hatte sich Frau Behrens ganz anders vorgestellt. Irgendwie älter. Na, vielleicht war das ja auch ihre Pflegerin. Ihre dunklen Augen musterten ihn forschend und sie fragte: „Herr Breitling?"

„J-Ja", stammelte er, „Frau Behrens?"

„Kommen Sie herein. Sie sind sowieso schon zehn Minuten zu spät. Ich habe schließlich nicht unbegrenzt Zeit."

Als sie das geräumige Wohnzimmer betraten, machte sie eine Handbewegung zu der weißen Ledercouch hin: „Bitte, nehmen Sie doch Platz. Darf ich Ihnen ein Martini anbieten?"

„Lieber ein Mineralwasser, ich muss noch fahren", erwiderte er. Ein Martini! Es war noch nicht einmal fünf Uhr. So benahm man sich doch nicht. Und schon gar nicht mit achtzig.

„Da versäumen Sie aber etwas!", sagte sie und ihre tiefe Stimme vibrierte, als sei sie mit einem leisen Lachen unterlegt, „Meine Cocktails waren berühmt, damals in Vegas. Aber Sie erlauben doch, dass ich…?"

Ohne seine Antwort abzuwarten, ging sie zu der kleinen Bar in der Ecke des Zimmers und begann, sich ein Martini zu mixen. Er starrte ungläubig zu ihr hinüber.

„Wollten Sie nicht ein Interview mit mir machen?", fragte sie nach einer Weile.

„Doch, natürlich", antwortete er und stellte die übliche Einstiegsfrage: „Frau Behrens, das glaubt man gar nicht, dass Sie achtzig sind. Was ist denn Ihr Geheimrezept?"

An dieser Stelle lachten die Frauen immer und begannen zu erzählen. Frau Behrens lachte auch, aber es war ein verächtliches Lachen.

„Wenn Sie hier mit vorgefertigten Fragen ankommen, hätten Sie mir auch eine E-Mail schreiben können“, sagte sie enttäuscht klingend, „Ich dachte, wir wollten uns unterhalten?“

Als sie mit ihrem Martini zur Couch zurückkam, fiel ihm auf, dass sie sich auf einen Stock stützte. Es war ein sehr eleganter Stock aus dunklem, interessant gemustertem Holz mit einem silbernen Knauf – aber es war ein Stock. Sie war eben doch alt, auch wenn sie es nicht wahrhaben wollte. Als sie seinen Blick bemerkte, sagte sie: „Seit ich vor fünf Jahren den Oberschenkelhalsbruch hatte, nehme ich zur Sicherheit immer den Stock. Ein Freund hat ihn eigens für mich in England anfertigen lassen.“

„Sie hatten einen Oberschenkelhalsbruch? Das tut mir leid.“

„Das muss es nicht. Ich denke, es war Fügung. Ohne den Unfall hätte ich niemals diesen netten Arzt kennengelernt. Seit meiner Entlassung besucht er mich fast jeden Abend. Er wollte unbedingt, dass wir zusammenziehen, aber ich möchte meine Unabhängigkeit nicht mehr aufgeben. Dafür bin ich einfach zu alt“, lachte sie amüsiert.

„Die Alte spinnt“, dachte Oliver Breitling respektlos. Sie erfindet Sachen – Martinis in Las Vegas, einen Arzt als Liebhaber. Aber vielleicht ließ sich wenigstens aus ihrer Kindheit etwas machen.

„Lassen Sie uns am Anfang beginnen. Ihre Kindheit war sicher voller Entbehrungen.“

„Nein, nein, sie war wundervoll. Ich bin sehr

liebevoll behütet in einem kleinen Dorf aufgewachsen. Es war so abgelegen, dass man dort gar nicht viel vom Krieg mitbekommen hat. Zumindest nicht als Kind – und zu essen gab es auf dem Land sowieso genug. Die Soldaten kamen erst nach dem Krieg. Mit Siebzehn habe ich mich dann auch prompt in einen GI verliebt: Larry. Er hatte wunderschöne, tiefblaue Augen. Durch ihn bin ich nach Vegas gekommen."

„Was wurde aus Larry?"

Sie lächelte ein wenig wehmütig.

„Er hat mit seinen wunderschönen Augen eine kleine Blondine angesehen. Als sie ein Kind von ihm erwartete, haben wir uns getrennt."

„Da waren Sie als junges Mädchen mutterseelenallein in einem fremden Land?! Sie müssen sich schrecklich einsam gefühlt haben."

„Wieso? In Vegas standen mir doch alle Türen offen. In der Bar, in der ich gejobbt habe, traf ich dann meinen späteren Mann. Er war ein erfolgreicher Schweizer Antiquitätenhändler. Nach seinem Tod habe ich das Geschäft in Luzern verkauft und bin wieder nach Deutschland gezogen. Seit etwa zehn Jahren lebe ich nun hier und es gefällt mir eigentlich sehr gut."

„Sie lieben Gartenarbeit", stellte Oliver Breitling mit einem Blick aus dem Fenster fest.

„Nein", antwortete sie, „ich liebe nur den Garten. Für die Arbeit habe ich einen Gärtner und ich finde, er macht das hervorragend. Um Ihre nächste Frage gleich vorwegzunehmen: Ich lege auch Wert auf ein gepflegtes Heim. Deshalb habe ich eine Haushälterin.“

„Was tun Sie denn dann den lieben, langen Tag?“

„Was mir gerade in den Sinn kommt. Ich lese viel, aber ich musiziere auch sehr gerne. Manchmal gebe ich zusammen mit Freunden kleine Konzerte. Am liebsten spiele ich Geige. Ich finde, kein anderes Instrument kann Gefühle so intensiv wiedergeben“, sagte sie, während sich ihre Wangen vor Begeisterung röteten. „Wissen Sie, ich habe mein Leben lang nie nach irgendwelchen Regeln gelebt. Ich glaube, das hat mir Glück gebracht.“

Ehe er etwas erwidern konnte, rief eine Männerstimme vom Flur her: „Liebling, hast du Besuch?“

„Komm’ herein“, antwortete sie, „es ist nur jemand von der Presse. Aber ich denke, wir sind gleich fertig.“

Nur jemand von der Presse? Was bildete die sich eigentlich ein! Den gutaussehenden Mann, der Frau Behrens zur Begrüßung küsste, schätzte er auf höchstens Mitte sechzig.

„Dr. Steinfeld“, sagte er freundlich. „Ich bin der Lebensgefährte von Frau Behrens.“

Entnervt steckte Oliver Breitling seinen Notizblock in die Tasche, verabschiedete sich und fuhr nach Hause. Als er die Wohnungstür aufschloss, fühlte er sich zum ersten Mal leer und ausgebrannt.

Das Leben dieser Frau war eine einzige Unverschämtheit. So etwas gehörte sich einfach nicht. Diese Lebensfreude, die sie ausstrahlte! Mittlerweile zweifelte er sogar daran, dass die anderen alten Leute wirklich unglücklich waren. Was, wenn das Lächeln der Weißenbergs heute echt gewesen war, wenn Frau Riedel mit ihrem Richard wirklich rauschende Feste gefeiert hatte? Unsinn, alles Unsinn. Ihr Leben war trostlos und so würde er es auch beschreiben. Genau das wollten die Leute lesen. Außerdem war es die Wahrheit und er war dafür bestimmt, diesen armen Leuten ein würdiges Denkmal zu setzen — nicht mehr und nicht weniger. Diese Frau Behrens hatte ihn völlig verwirrt.

Er setzte sich ans Fenster und sah auf den Hof. Irgendwo weiter weg spielte jemand eine traurige Melodie auf der Geige. Dann klingelte sein Handy.

„Hat alles geklappt?", fragte sein Chef, „Wir brauchen die drei Geschichten wirklich bis spätestens morgen früh."

„Zwei Geschichten", verbesserte Oliver Breitling ihn und lächelte böse, „Frau Behrens habe ich leider nicht angetroffen."

Samson Völk

Samson, bürgerlich Jonas Samson Völk, ist seit 2015 auf den Berliner Bühnen zuhause. Der Poetry Slammer und Autor liefert vor allem humorvolle Kurzgeschichten – unvorhersehbar, gesellschaftskritisch und immer unterhaltsam.

Die in seinen Stücken gesetzten Themen sind so vielschichtig wie eine Lasagne. Seine Texte werden seit 2016 in diversen Anthologien veröffentlicht. 2021 und 2022 gewann er gemeinsam mit Teamkollege Ortwin Bader-Iskraut den Teamwettbewerb der deutschsprachigen Meisterschaften im Poetry Slam. Seitdem ist er offiziell der Beste.

Mehr unter: @samson.offiziell auf Instagram

Weiße Deutsche
Von Samson Völk

„Wir war'n ja neulich in Leipzig, dit war schön, sag' ick Ihn'", sagt die Frau eines älteren Ehepaares zu mir, „und jetzt wollten wa ma' hier ins Museum, in Berlin, wir hammet ja so schön hier, nich' wahr? So schön."

Ich nicke und antworte: „Ja, sehr schön."

„Et is' so schön hier, da will man jar nicht wegfahren", sagt die Frau.

„Deswegen fahren wir ooch jar nicht weg", sagt der Mann, „also aus Deutschland. Aber in Leipzig, dit war schön, sag' ick Ihn'."

„Et jibt ja so viel Kultur hier, ist doch toll, nicht wahr?", sagt die Frau.

Mein Mitbewohner Heiner, mit dem ich gerade auf dem Weg in ein anderes Museum bin, hat für die beiden inzwischen den Weg gegoogelt. Deshalb hatten uns die beiden eigentlich angesprochen: „Entschuld'jen Sie, Sie haben doch sicher eins dieser modernen Telefone?", hatte die Frau gefragt und dabei sehr nett gelacht, „Wir wollen ins Museum!"

„In welches Museum denn?", hatte Heiner etwas perplex, aber ebenso freundlich nachgefragt.

„Janz recht, ins Museum, wir war'n ja neulich in Leipzig im Museum und dit war so schön, da dachten wa, wir jehen hier nochma'."

Heiner hatte mich angeschaut und ich hatte nur mit den Schultern gezuckt, woraufhin er anfing, irgendein Museum zu suchen: „Sie müssen nur hier geradeaus, vorne an diesem Hochhaus vorbei und dann rechts. Wir müssen in die gleiche Richtung."

„Ach! Dit ist ja nett", sagt die Frau gerade, als wir an einem bunt bemalten Gebäude vorbeilaufen.

„Sehr nett", bestätigt ihr Mann, „so schön isset hier und so viel Kultur, ist jar kein Wunder, dass alle hierher wollen."

„Ja, alle", pflichte ich ihm bei.

„Na, nicht alle alle", sagt der Mann, „aber Sie wissen ja, wat ick meine."

„Natürlich weiß ich das", antworte ich.

„Ick hab' ja im Grunde ooch jar nix dajegen, wenn die kommen, ick habe ja nichts jegen Ausländer", sagt der Mann.

„Natürlich nicht", meldet sich Heiner zu Wort.

„Aber ick sage Ihnen", sagt der Mann, „bei uns in der Straße haben zwee von die jewohnt."

„Von diesen Ausländern?", frage ich.

Der Mann nickt: „Ick bin ja keen Rassist, aber die zwee, die haben sich die Köppe einjeschlagen. Untereinander vertragen die sich alle nicht."

„Ja, alle", pflichte ich ihm bei.

„Na, nicht alle alle", sagt der Mann, „aber Sie wissen doch, wat ick meine."

„Natürlich weiß ich das", antworte ich.

„Ach, lass doch die jungen Leute", sagt die Frau versöhnlich, „die kümmern sich doch sicher nicht um Politik."

„Natürlich nicht!", stimmt Heiner zu, „In der Politik haben wir ja auch gar nix zu suchen, da gibt es ja erfahrene alte Männer, die das machen."

„Na eben, siehste?", sagt die Frau, „Mein Mann hat nämlich jar nichts jegen Ausländer."

„Und Sie?", frage ich.

„Na ick natürlich ooch nicht", sagt die Frau und lacht, „wir jehen doch so jerne zum Italiener, nicht wahr? Dit ist immer so schön, in Leipzig war'n wa ja ooch beim Italiener, aber dit war nicht wie bei uns."

„Dit war auch jar keen Italiener", sagt der Mann, „dit war 'n Rumäne oder'n Türke, die machen ja allet, um an Geld zu kommen."

„Ja, alles", pflichte ich ihm bei.

„Na nicht allet allet", sagt der Mann, „aber Sie wissen doch, wat ick meine."

„Natürlich weiß ich das", erwidere ich, „sie verkaufen zum Beispiel Essen. Für Geld."

„Ja, sag' ick doch", sagt der Mann, „ick hab' ja ooch jar nix jegen Italiener."

„Und gegen Rumänen und Türken?", fragt Heiner nach.

„Ick habe nichts jegen Ausländer", sagt der Mann nochmal, „aber die können doch nicht alle zu uns kommen."

„Ja, stimmt. Die kommen ja alle", pflichte ich ihm bei.

„Na, von denen die kommen, kommen alle", sagt die Frau.

„Aber von denen, die nicht kommen, kommt ja gar keiner", antwortet Heiner.

„Irjendwann sin' et trozdem zu viele", sagt der Mann, „wenn ick mir umschaue, da fühl ick mich doch jar nich' mehr wie in Deutschland."

„Ja, stimmt. Das sieht man beim Umschauen ja schon ganz gut, ob jemand deutsch ist", stimme ich ihm zu, „Wir Weißen, wir sind ja schon ein bisschen besser als alle anderen."

„Äh, als alle?", fragt der Mann.

„Naja, nicht alle alle", antworte ich, „aber Sie wissen doch, was ich meine."

„Es jeht doch ooch um die Kultur", sagt der Mann, „dit ist doch 'ne janz andere Kultur."

„Kultur ist ja so wat Schönet", sagt die Frau beschwichtigend, „Wir wollen ja ins Museum, wir waren ja neulich erst im Museum, dit war ja schön."

„Was haben Sie da noch gleich angeschaut?", frage ich nach.

„Och dit weeß ick jar nicht mehr so jenau, dit war mit Afrika und mit Chinesen und von Indianern. Ooch, dit war so nett", sagt die Frau.

„Sie waren im Museum für Völkerkunde?", mischt sich Heiner wieder ein.

„Jaja, im richt'jen Museum, sag' ick doch", sagt die Frau, „dit war interessant, sag' ick Ihn'. Dit war ooch von der Entdeckung von die USA und Kolumbus und dieser Farb'je von Afrika, wie hieß der noch?"

„Mandala, gloob ick", sagt der Mann.

„Genau, dit war toll, sag' ick Ihn'."

„Und auch von den Kreuzzügen?", fragt Heiner erneut nach, „Und den Missionaren? Und den Kolonien? Bei Afrika war doch sicher was von den deutschen Kolonien dabei…"

„Ach, die jibbet ja alle nicht mehr", sagt der Mann.

„Wir hatten ja früher noch'n Kolonialwarenladen anne Ecke, aber dit ist jetzt ooch'n Edeka", sagt die Frau und lächelt mich an, „Dit hören Sie sicher oft von alten Leuten, dieset ‚früher', nicht wahr?"

„Ich rede eigentlich nicht so viel mit alten Leuten", entgegne ich, „das sind ja eh alles Rassisten."

„Wat, alle?", fragen die beiden erschrocken.

„Naja nicht alle alle", antworte ich, „Aber Sie wissen ja, was ich meine."

Eva-Lisa

Eva-Lisa ist als Kind des Ruhrgebiets schon früh mit den Widrigkeiten des Lebens vertraut worden. Was macht man in einer Stadt, in der sich alles nur um Bier und Fußball dreht? Und was macht man, wenn man am Vormittag des 24. Dezembers noch keine Geschenke für die Familie hat? Schon als Grundschulkind wusste sie sich zu helfen und verschenkte selbstgeschriebene Gedichte. Mit mäßigem Erfolg. Jetzt ist eines ihrer Gedichte Teil dieses Buches, was die Geschenkesuche deutlich einfacher macht. Seit 2018 reist die Sprachdozentin mit ihren Gedichten durch ganz Deutschland.

Mehr unter: www.eva-lisa.de

Der Körperforscher
Von Eva-Lisa

Heute lässt sich nicht mehr sagen,
wann der Mensch die ersten Fragen
zum Zwecke seines Daseins hatte,
doch deutlich ist, die ziemlich platte
Frage jedes menschlich' Wesens:
„Was ist nur der Sinn des Lebens?",
beschäftigt jeden jederorten.
Drum lasst mich euch mit schönen Worten
verraten, was den Menschen treibt,
damit sein Leben sinnvoll bleibt:

Es lebt der Mensch nur zu dem Zwecke,
dass er seinen Leib entdecke!
Erkennt, worauf er reagiert,
wie alles an ihm funktioniert,
was sich daran so bewegt
und wie man ihn am besten pflegt.

Schon als Kleinkind fängt es an.
Nur wenn es testet, was es kann,
erlernt das Kind, wie man sich dreht,
dann wie man steht und wie man geht!
Es probiert so laut zu heulen,
dass die Eltern schneller eilen.
Automatisch lernt es nun,
dass andre was für einen tun,

wenn man sie konditioniert
und seine Stimmbänder trainiert.

Der Forscherdrang im Kind ist stark,
es testet stetig, was es mag.
Alles steckt es in den Mund,
ob Nudeln, Finger, Kot vom Hund…
Es testet Grenzen, bis es weiß,
dass Menschenhaut auch manchmal reißt,
dass man guckt, bevor man rennt,
dass Feuer ganz schön heiß abbrennt,
dass der Mensch normal nicht fliegt,
weil er die Schwerkraft nie besiegt.

Wenn das Kind nach ein paar Jahren
den grundlegenden Plan erfahren
und verstanden hat,
dann folgt danach der zweite Akt.

Der junge Mensch betrachtet sich
und findet sich recht gruselig.
Hier zu dick und da zu lang,
er weiß nichts mit sich anzufang'.
Der Körper wandelt, Haare sprießen,
der Mensch wird schleunigst sich
entschließen,
am Äußeren etwas zu machen,
und probiert dreihundert Sachen.
Die meisten lässt er wieder sein,

denn Heißwachs ist scheiß-heiß am Bein,
und blaue Haare waren doch,
so wie das dritte Nasenloch,
rückblickend vielleicht nicht so klug.
Wie wird man attraktiv genug?

Auch Phase zwei wird überwunden,
wenn man den rechten Look gefunden
oder einfach akzeptiert,
dass das eh nicht besser wird.

So Mitte 20 fängt es an,
dass man nicht mehr alles kann.
Morgens knacken die Gelenke,
abends kracht man gegen Schränke,
weil man plötzlich schnell vergisst,
wie die Einrichtung so ist.

Trinkt man abends noch Kaffee,
tun einem nachts die Arme weh!
Plötzlich kriegt man Fett am Bauch
und an andren Stellen auch,
wo vorher doch noch keines war!
Was treibt der dumme Körper da?

Dem Menschen ist die Zeit zerronnen,
die dritte Phase hat begonnen!
Jetzt kommt die Zeit, in der ihn dünkt:
„Den Körper brauch ich unbedingt

noch mindestens ein paar Jahrzehnte!"
Der Mensch, der sich unsterblich wähnte,
stellt mit Entsetzen plötzlich fest,
dass sich sein Körper schon zersetzt.
Auch dieser Mensch will nun was machen,
und testet so dreitausend Sachen.

Er fastet jetzt in Intervallen,
behauptet, Sport würd' ihm gefallen,
optimiert sein Essverhalten,
sammelt Daten zum Verwalten
seines Schlafs und der Verdauung,
wenig davon zur Erbauung,
quält die müden Knochen… noch 'en
Fallschirmsprung vom Schweizer Jochen,
behauptet, all das mache frei
und fühlt sich elendig dabei.

Nur Chia, Bio und Vegan,
kein Zucker auf dem Speiseplan!
Im Bestreben seinem Leben
nicht nur einen Sinn zu geben,
es sondern auch noch zu verlängern,
das Leben selber zu verstrengern…

Manche geben das schnell auf.
Sie nehmen billigend in Kauf,
dass sie so ihr Koffein,
den Alkohol, das Nikotin

teuer zu bezahlen haben
nämlich nun in Lebensjahren.

Und so beginnt, das ahnt auch ihr,
am Ende dann die Phase vier.
Bei manchem jünger, manchem alt,
doch sie alle merken bald:

Jetzt ist der Körper wirklich müde,
die Haut ganz schlaff, die Augen trübe.
Die Blase leckt, die Hände zittern,
man kann das Ende förmlich wittern.

Der Körper lässt den Geist im Stich,
auch wenn der sagt: „Ich will das nicht!“
Und bis zum letzten Atemhauch,
fragt sich sodann der Letzte auch:

„Was treibt der blöde Körper da?“
Und das ist so, wie’s immer war.

Jan Cönig

Der Frankfurter Poetry Slammer Jan Cönig ist mehrfacher Hessenmeister und Finalist diverser deutschsprachiger Slam-Meisterschaften.

Seine Auftritte sind unterhaltsam und begeistern durch eine Leichtigkeit, die man lange üben muss. Sein Themenspektrum ist enorm.

In seinem Podcast „Fee vs. Cönig" bearbeitet Jan Cönig Themen des Alltags mit der Musikerin Fee. Auf Spotify lädt sein Hörbuch „Küss die Taube!" zum Lauschen ein. Sein neustes Buch mit Texten aus über 800 Shows – „Titel fehlt, ist aber entschuldigt" – erschien 2022 beim Lektora Verlag.

Mehr unter: www.jancoenig.de

Opas Fauxpas
Von Jan Cönig

Meine Großeltern waren schon alt, als ich auf die Welt kam. Damals waren sie jung, als unsere Geschichtsbücher noch ihre Zeitungen waren. Und sie waren glücklich, wann immer sie konnten. Ihre Lachfalten sind hart erarbeitet, wie alles, was sie haben. Ihr Garten ist ihre Oase und ich bin ihr Lakai, der ahnungslos und erdverschmiert durch die Beete kriecht wie ein Regenwurm nach einem Gewitter. Wir sind uns alle einig, dass ich für die Gartenarbeit so gut geeignet bin wie ein Presslufthammer zum Eierschälen. Aber außer mir ist keiner da, also arrangieren wir uns irgendwie.

Während Oma mit verschränkten Armen jeden meiner Schritte überwacht, sitzt Opa mit einem riesigen lila Filzhut auf der Terrasse und schaut uns neugierig bei unserem Tun zu.

„Entschuldigung?", fragt er mich, „Wer sind Sie denn eigentlich nochmal?"

„Ich bin der Gärtner", antworte ich.

„Na, dann ist ja gut."

Oma bei der Gartenarbeit zufriedenzustellen, ist wie für Lord Voldemort eine Brille zu entwerfen, die ihm nicht von der Nase rutscht: unmöglich. Inzwischen hat sie zwar keine allzu hohen

Erwartungen mehr, dafür aber einen ganz speziellen Humor. Wespennestattrappen im Werkzeugschuppen, prächtige Plastikspinnen in den Blumentöpfen, versteckte Schaufeln und Scheren oder Zahnpasta auf den Gießkannengriffen – sowas ist ihr Ding. Ab und zu bewirft sie mich auch mit irgendetwas, um mich anzuspornen. Einer ihrer Klassiker ist das Ziehen des Rasenmähersteckers, wenn ich gerade in der hintersten Ecke des Gartens beschäftigt bin.

„Hast du mich gerade mit einem Regenwurm abgeworfen, Omi?"
„Ja."
„Und was ist das hier für eine Blume?"
„Das ist Erdrauch. Unkraut, raus damit."
„Entschuldigung", sagt Opa, „sagen Sie mir nochmal kurz, wer sie sind?"
„Ich bin Talentscout vom DFB!", antworte ich, „Spielen Sie Fußball?"
„Na klar!", antwortet er und strahlt.

Manchmal sagt Opa, er sei ein Dementor. Weil er vergisst, wie seine Krankheit heißt, aber noch weiß, dass er Humor hat. Er weiß sowieso sehr viel, nur nicht immer im richtigen Moment. Er weiß, dass wir im Sommer immer zusammen Eis essen. Er weiß, wie seine Kindheit war und wo er zur Schule gegangen ist. Dann weiß er über Arbeit und Frau und Kinder und Krieg Bescheid, über überleben, etwas aufbauen und feiern und dann… Dann kommt der dichte Nebel. Dann rutschen die Erinnerungen durcheinander wie Schnee in Lawinen und bilden abstrakte Formen wie in einem Kaleidoskop.

Oma sagt, alt werden sei schön, alt sein nicht. Dann sage ich meistens irgendetwas, was nicht so schlau ist und sie lächelt. Dann weiß ich, dass sie ihr Hörgerät gerade nicht anhat. Das haben Oma und Opa sehr clever verteilt: Opa kann prima hören, Oma sieht erstklassig. Gemeinsam sind sie ein kompletter Superheld. Oma wirft mit einem Apfel. Sie kann echt gut zielen.

„Autsch! Was ist das hier?"

„Johanniskraut und Knöterich. Ach, die Jugend von heute! Hat echt keine Ahnung!"

„Omi, ich bin von der Jugend von heute so weit entfernt wie Opa vom Weltmeistertitel in Memory", erwidere ich, während sie den Kopf schüttelt und ihr Hörgerät ausschaltet. Manchmal macht mich das neidisch, so ein MuteKnopf für die Welt.

Manchmal würde ich auch gerne vergessen, ganz gezielt: die erste unglückliche Liebe, das größte Scheitern, die schlimmste Blamage. Doch leider funktioniert das so nicht. Man sortiert nicht selbst aus und wirft Gedankensäcke in den Alterinnerungscontainer, eher werden wohlsortierte Aktenschränke des Denkens vom Wesen des Vergessens geentert. Gedächtnisdiebesbanden auf brutalem Beutefang. Flohmarkt der Erinnerung, Schnäppchen gefällig? Hier entlang. Synapsen und Areale mit riesigem Datenvolumen erliegen dem Kollaps, verwelken wie Blumen in Vasen ohne Wasser. Was man vorher noch wusste, jahrelang wie Vorratsdaten gespeichert oder in inneren Bildern gesichert, sickert nun aus diesem Hirngespinst von zwei Gehirnhälften, die eigentlich eins sind. Geistige Hängebrücken werden eiskalte Wissenslücken.

Oma nimmt Opa ihren Hut vom Kopf und schaut ihn traurig an. Opa überlegt kurz, dann nimmt er ihre Hand und sagt: „War nur Spaß.“

Das ist sein Rettungsanker, sein bester Trick. Wenn er ohne Hose in einem Café sitzt und keinen Kaffee bestellen darf. Wenn er nicht mehr weiß, wo er wohnt. Wenn die Jahreszahl weg ist. Wenn er merkt, dass seine Antwort zwar passt, aber irgendwer die Frage ausgetauscht hat: „War nur Spaß.“

Oma wirft mit einem Igel, weil ich wieder Pause mache. Ich hole den Rasenmäher und mähe bis in die entlegenste Ecke, Oma zieht den Stecker, ich laufe und stecke, mähe, sie lacht, irgendwann bin ich fertig. Ich weiß, dass es nicht für immer so weiter geht, aber gerade ist es gut. Die späte Sonne scheint auf die lustige Oma, den Dementor und mich – die drei Musketiere.

Irgendwann wird der Garten nicht mehr der meiner Oma sein und mein Opa wird aus meinen Erinnerungen bestehen, statt auf seine reduziert zu werden. Vielleicht werde ich selbst Dementor, wer weiß. In jedem Fall ist dieser Moment so perfekt, wie es nur geht und ich werde ihn schwerlich vergessen. Zumindest denke ich das, als die Plastikspinne, die Oma mir ins Eis geschmuggelt hat und die ich ihr zuliebe in den Mund genommen habe, anfängt, auf meiner Zunge zu krabbeln.

Rent a Rentner
Von Jan Cönig

Es gibt einiges, was ich mir als Kind besser vorgestellt habe, als es ist: Arbeiten gehen, eigenes Geld verdienen, durchmachen oder Pfefferminzschnaps. Mein Traumjob war der des Opas, mit Hosenträgern und Hut. Ein Geschichtenerzähler, der machen kann, was er will – und wenn es doch Ärger gibt, dann dreht er das Hörgerät auf stumm.

Jetzt bin ich erwachsen und fühle mich verarscht. Ich dachte, Altenheime seien wie eine ewige Klassenfahrt: Jeder hat ein eigenes Zimmer, die Drinks sind umsonst und es gibt ein

Unterhaltungsprogramm – wie geil ist das denn? Als ich erfahren habe, dass die Leute nicht einmal mehr allein auf die Toilette gehen müssen, war ich völlig begeistert. Und dann heißen die Heime auch noch „Residenz", das klingt ja richtig herrschaftlich!

Als meine Großeltern irgendwann ihr Haus mit Garten aufgegeben hatten, um in so einer Residenz zu wohnen, war ich schockiert. Dort ging es so lustig zu, wie im Wartezimmer beim Zahnarzt. Da sich das ändern musste, haben wir ein Startup gegründet: *Rent a Rentner – die Service-Senioren.*

Fühlst du dich alt? Hast du Angst vor dem 30. Geburtstag? Sind dir im Fitnessstudio alle haushoch überlegen? *Rent a Rentner!*

Du spielst gerne Bingo oder willst mehr Freunde auf Facebook? *Rent a Rentner!*

In meiner Kartei befinden sich mittlerweile 40 Badboys in beige. Alles, was es dafür brauchte, waren Annoncen in der Apotheken Umschau und ein paar Flyer mit Schriftgröße 45. Rentner sind nicht nur historische Zeitzeugen und haben immer Bonbons einstecken, sie sind auch in anderen Situationen unschlagbar:

Stell dir vor, du stellst dein Fahrrad ab, hast aber kein Schloss dabei? Ein Rentner kann es für dich bewachen. *Rent a Rentner!*

Du hättest gerne ein Pony? Ich auch.

Rent a Rentner und er erzählt dir was vom Pferd!

Du hast beim ersten Date Angst, keinen guten Eindruck zu machen?

Rent a süße Omi und punkte als Familienmensch!

Der Installateur kommt zwischen 9 und 19 Uhr.

Rent a Rentner!

Du brauchst mehr Übung für den Enkeltrick?

Rent a Rentner!

Du verlierst nicht gern bei Memory?

Rent a Rentner!

Du suchst einen Fanclub für die CDU?

Rent a Rentner!

Wir sind Ihre Service-Senioren und haben die Zeit, die den jungen Leuten fehlt. Genervt vom Callcenter? Lass jemanden ran, für den Zeit keine Rolle spielt. Dann wollen wir mal sehen, wer hier wem auf die Nerven geht.

Planst du einen Bankraub und brauchst einen Fluchtwagenfahrer? Ein paar meiner Leute haben noch den Führerschein.

Bock auf Eierlikör? #Omasaufen

Du suchst Entschleunigung? Wir gehen mit dir shoppen und zahlen mit Kleingeld.

Ich habe große Rentner, kleine Rentner, junge, schwere und leichte Rentner. Ich biete den Rentner für jeden Zweck. Ob du für die Geisterbahn eine zahnlose Mumie brauchst oder jemanden, der auf deine Kinder aufpasst. Statt einen Urlaubstag auf der Behörde zu verbringen, kannst du dir jemanden mieten, der das für dich tut!

Es ist doch dämlich, dass die Lebenserwartung kontinuierlich steigt, die Bedingungen fürs Alter aber immer schlechter werden. So, als würde sich dein Urlaub ständig verlängern, aber jede Woche verschwindet ein Gegenstand aus deinem Zimmer. Du kriegst alle Zeit der Welt und darfst sie allein beim Zahnarzt verbringen.

Es gibt ein paar Dinge, die ich mir als Kind schlimmer vorgestellt habe, als sie sind: Brokkoli, Langeweile, allein sein. Mein Opa hat mich immer beschützt. Er war kugelsicher und unaufhaltsam. Ich habe ihm das Gefühl gegeben, dass er gebraucht wird und er mir die Sicherheit, dass alles gut wird. Sein Wissen und meine Fragen waren ein unschlagbares Team.

Alt zu sein ist relativ, frag doch mal ein Kindergartenkind, wie alt Oma und Opa sind. Und es ist relativ geil, wenn man es genießen kann.

Falls du nicht klarkommst mit den Kerzen auf deiner Torte, dann gebe ich dir einen Tipp: Der beste Weg, sich jung zu fühlen, ist, Zeit mit Älteren zu verbringen. Davon haben alle etwas. Und falls du keine alten Leute griffbereit hast – *Rent a Rentner!*

Rent a
Rentner

Alle Autor*innen

Anna Lisa Azur   Tobias Beitzel   Edith Brünnler

Jan Cönig   Eva-Lisa   Jana Goller

Michael Jakob   Eberhard Kleinschmidt

Lukas Knoben   Achim Leufker   Alex Paul

Niko Sioulis   mario el toro   Samson Völk

Mit Illustrationen von Barbara Gerlach.

Buchempfehlung:
Theresa Sperling – Sezierung

Theresa Sperling präsentiert in ihrem ersten Sammelband alle 33 lyrischen Slamtexte aus 2014–2024. Jeder ihrer Texte hat ein eigenes Vorwort zur Entstehungsgeschichte sowie Anmerkungen zu Performance und Wirkung des Stücks. Stürzt euch in zehn Jahre künstlerisches Schaffen der zweifachen deutschsprachigen Meisterin im Poetry Slam.

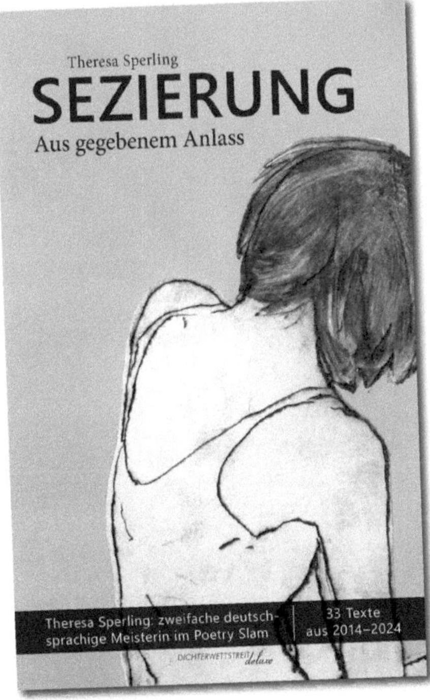

Textsammlung der zweifachen deutschsprachigen Meisterin im Poetry Slam

200 Seiten
ISBN:
978-3-98809-015-7
16,00 EUR (DE)
16,50 EUR (A)
19,00 CHF (CH)